KB072640

FUSION FANTASTIC STORY

박선우 장편소설

스크린의 별 6

박선우 장편소설

초판 1쇄 찍은 날 § 2018년 1월 11일
초판 1쇄 펴낸 날 § 2018년 1월 18일

지은이 § 박선우
펴낸이 § 서경석

총괄팀장 § 최하나
편집 § 이지연

펴낸곳 § 도서출판 청어람
등록번호 § 제387-1999-000006호
등록일자 § 1999. 5. 31
어람번호 § 제1-2827호

주소 § 경기도 부천시 부일로 483번길 40 서경B/D 3F (우) 14640
전화 § 032-656-4452 팩스 § 032-656-4453
http://www.chungeoram.com
E-mail § chungeorambook@daum.net

ISBN 979-11-04-91604-5 04810
ISBN 979-11-04-91447-8 (세트)

스크린의 별

FUSION FANTASTIC STORY

박선우 장편소설

6

도서출판
청어람

CONTENTS

제37장
새로운 역사 I

광개토대제에 관한 많은 부분은 허구였다.

워낙 역사적 사료가 부족하다 보니 역사서에 있는 몇 줄과 중국, 한반도 등 천하에 산재해 있는 대왕비에 근거해서 시나리오가 작성되었다고 들었다.

그럼에도 시나리오에서 나타난 광개토대제의 그 불꽃같은 삶은 폭풍처럼 거침이 없었고 뜨겁게 내리쬐는 태양처럼 찬란했다.

6개월간의 잔여 촬영이 거의 끝나고 강도영은 마지막 촬영을 위해 세트장으로 향했다.

옆에는 서현탁이 갈아입을 옷이 든 가방을 둘러메고 따랐는데 마치 황야의 장고처럼 걸음걸이가 씩씩했다.

놈은 지금 한창 예쁜 짓을 하는 딸이 저를 안 닮고 정인화를 닮았다며 좋아죽으려고 했다.

꼬박 1년 2개월간의 여정.

그 여정은 고난의 연속이었고 수많은 난관을 헤쳐 온 격랑의 시간들이었기에 촬영장에는 수장인 김동혁 감독을 비롯해서 지금까지 출연했던 대부분의 배우와 스태프가 모두 자리를 함께하고 있었다.

마지막 장면은 말갈 원정 끝에 얻게 된 괴질로 인해 광개토대제가 37살이란 짧은 삶을 마감하는 장면이었다.

모든 배우가 도착해서 분장을 끝내자 김동혁 감독이 메가폰을 잡았다.

"자, 촬영 팀 준비 끝났어?"

"예, 감독님."

"음향 팀과 조명 팀은?"

"저희도 끝났습니다."

"좋아, 그럼 가자고!"

*　　　　　*　　　　　*

왕궁의 대전.

강도영은 마지막 순간을 대신들과 장군들이 모두 모여 있는 용좌에서 맞이하고 있었다.

얼굴은 허옇게 질렸고 입술은 부르텄으나 그의 눈은 여전히 새파랗게 살아 신하들을 바라봤다.

광개토대제가 자신의 죽음을 침상에서 맞이하지 않고 대전을 선택한 것은 바로 그의 옆에 있는 아들 때문이었다.

장수대제.

한민족 역사상 가장 광활한 영토를 장악한 불세출의 영웅 말이다.

강도영은 아들의 손을 잡고 신하들을 내려다봤다.

그의 목소리는 시퍼렇게 살아 있는 눈과는 달리 힘겹게 흘러나오고 있었다.

"…나는 내 운명이 얼마 남지 않았음을 깨닫고 그대들을 이곳으로 모이라고 했소."

"대왕 폐하, 천부당만부당한 말씀이옵니다. 어찌 그리 참담한 말씀을 하시옵니까."

신하들이 이구동성으로 대답했다. 그 전면에는 평생을 수족이 되어 살아온 북방 사령관 염모 역의 유혁이 서 있었다.

신하들의 얼굴에는 진정으로 주군을 존경하고 사랑하는 마음이 담겨 있었는데 그 속에는 더 이상 어찌지 못한다는 절망도 함께하고 있었다.

강도영의 손이 힘겹게 올라간 것은 신하들의 울음소리가 잦아질 때였다.

"그대들과 함께 고구려를 천하의 주인으로 만들었으니 비록 짧았으나 내 삶은 더없이 행복한 것이었소. 진정으로 고맙게 생각하오!"

"저희들도… 폐하를 모시게 되어 즐겁고 행복했나이다… 크윽, 조금만 더, 조금만 더 곁에 있어주시옵소서."

"헉헉… 허억… 인간의 삶이 어찌 제 마음대로 되겠소. 천명을 받아 후회 없이 싸웠고 이제 그 부름을 받았으니 떠나는 게 당연한 것 아니겠소."

"폐하!"

"이제 용린도의 주인으로서 마지막 명을 내리니 그대들은 명을 받들라."

"복명하겠나이다."

"지금부터 용좌의 주인은 이 아이 거련에게 맡기노니 그대들은 거련을 중심으로 삼족오의 깃발을 천하 만방에 떨치고 고구려가 천하의 주인임을 잊지 않게 하라. 사리사욕을 획책하고 그로 인해 고구려를 위기에 빠뜨리는 자는 내 죽어서도 끝끝내 돌아와 반드시 참할 것이다. 알겠는가!"

"절대… 잊지 않겠나이다."

신하들의 대답을 들은 강도영이 용좌에서 힘겹게 천천히 일어났다.

그런 후 용린도를 오른손으로 들어 용대를 향해 찍어 눌렀다.

콰악!

그의 손에서 삐져나온 용린도가 용대를 파고들며 깊이 박히는 순간 강도영의 몸이 용린도의 칼잡이 위에 얹혀졌다.

"폐하!"

칼잡이 위에 몸을 얹은 강도영을 향해 비명을 지르며 문정혜가 뛰어와 부축했다.

평생을 칼과 함께 살아온 영웅의 죽음으로서 더없이 비장한 장면이었다.

그를 바라보는 강도영의 눈에서는 죽음을 곁에 둔 마지막 눈물이 솟아나고 있었다.

"그대를 두고 떠나서… 정말 미안하오. 내 먼저 가리다……."

*　　　　　*　　　　　*

촬영이 끝나는 날.

영화 주관 제작사의 DR미디어 사장은 물론이고 배우들의 소속사 사장들까지 회식에 참석했기 때문에 한우 전문점 '한우정'은 사람들로 미어터질 정도였다.

'한우정'은 일산 세트장에서 얼마 떨어지지 않는 곳에 있었는데 제법 비싼 집이었으나 영화를 촬영하면서 스태프들과 배우들이 워낙 고생을 했기 때문에 DR미디어 사장인 주형길은 조금도 망설이지 않고 이곳을 회식 장소로 잡았다.

어느 회식 장소를 가도 상석이라는 게 존재한다.

상석에는 나이에 우선순위를 두는 경우도 있지만 대부분 그들이 지닌 사회적 지위에 의해 배정되는 것이 일반적이다.

회식 장소에는 200명 가까운 사람들이 몰려 있었지만 상석에는 단 다섯 명이 자리를 하고 있었다.

바로 DR미디어 사장 주형길과 김동혁, 이승환, 유혁 소속사 'FK'의 사장인 문대국, 문정혜 소속사 '북극성'의 박태현이었다.

당연히 여기 회식비는 그들이 내야 한다.

배우들과 스태프들이 차지하고 있는 다른 자리는 촬영으로 고생한 에피소드가 주 화제 내용이었지만 이곳은 분위기가 완전히 달랐다.

물론 그들도 초반에는 촬영에 관한 이야기를 나눴지만 곧 사업에 관한 쪽으로 화제가 변했다.

먼저 입을 연 것은 DR미디어 사장 주형길이었다.

"김 감독, 이제 촬영이 다 끝났는데 편집이 얼마나 걸릴까?"

"촬영 중에 계속해서 CG 작업을 병행했기 때문에 그리 오래 걸리지는 않을 겁니다. 길어봐야 3개월 정도면 초판이 나올 것 같군요."

"그럼 개봉 날짜는 언제로 잡으면 좋겠나?"

"앞으로 6개월 정도면 될 것 같습니다."

김동혁의 대답에 주형길의 머리가 복잡하게 돌아가는 것이 눈으로 보였다.

광개토대제는 현재 넘사벽으로 불릴 정도로 대중들의 기대감을 한 몸에 받고 있는 영화였다.

국내 영화는 물론이고 할리우드의 대작들까지도 두려워할 정도였으니 광개토대제의 개봉일은 업계의 지대한 관심이기도 했다.

주형길의 머리가 복잡한 것은 그런 이유였다.

DR미디어가 수입하는 것으로 계획된 할리우드 영화들과 자신들이 기획한 국내 영화들의 상영 일자를 조정해야 되기 때문이었다.

이승환이 불쑥 입을 연 것은 주형길이 생각에 잠겨 입을 닫았을 때였다.

"김 감독님, 향후 일정을 자세하게 알려주면 좋겠는데요."

"향후 일정요?"

"예를 들면 시사회라든가, 영화 홍보를 위해 우리 도영이가 텔레비전에 출연해야 되는 일들 말입니다."

"광고 촬영 때문에 그러시는군요?"

"그게… 향후 일정이 잡혀야 우리도 움직일 수 있어서요. 아마 다른 분들도 마찬가지일 겁니다."

"그렇겠죠. 알겠습니다. 며칠 후에 자세한 일정을 보내 드리죠."

"고맙습니다. 그런데 예고편은 언제쯤……."

이승환이 제대로 말을 끝내지 못하자 김동혁이 빙그레 웃음을 지었다.

이 사람들 정말 대단하다.

영화배우의 몸값이 가장 높게 올라가는 것은 영화의 예고편이 배포되고 관객들의 기대 지수가 확인될 때였다.

물론 가끔가다 엄청난 기대 지수를 나타낸 영화가 박살 나는 경우도 있긴 하지만 그건 검증되지 않은 감독이 개판으로 만든 영화일 경우에 한해서 나타나는 극히 드문 현상일 뿐 김동혁 같은 거물에게는 해당되지 않는 일이었다.

그랬기에 김동혁은 자신을 향해 빤히 시선을 던지고 있는 기획사 사장들에게 확실한 답을 주었다.

"앞으로 두 달 후면 나옵니다. 그때쯤이면 광개토대제가 대한민국을 들었다 놨다 할 테니 그때를 전후로 준비하시는 게 좋을 겁니다."

"아이고, 고맙습니다."

이승환이 반색을 하면서 바짝 허리를 숙였다.

강도영은 지금도 광고계에서 탑의 자리를 차지하고 있는 배우였다.

하지만 대한민국 사람이라면 누구나 기대하고 있는 광개토대제가 대박을 터뜨리는 순간 그 몸값은 하늘 끝이 어딘지 알 수 없을 정도로 뛸 게 분명했다.

지금까지 일 년이 훌쩍 넘는 시간을 인내하고 기다렸으니 그 정도는 아무것도 아니었다.

        *   *   *

모처럼 만의 달콤한 휴가.

촬영을 모두 마친 강도영은 그동안 하지 못했던 게으름을 마음껏 피웠다.

늦잠을 잤고 좋아하는 영화도 실컷 봤으며 서현탁과 함께 새로운 집도 알아봤다.

양재의 빌라는 사람들에게 너무 알려졌고 보안도 허술해서 보다 안전하고 쾌적한 환경이 필요했다.

자신의 숙소와 더불어 부모님이 살 집도 같이 구했다.

아직도 부모님은 열다섯 평짜리 아파트에 살고 계셨는데 강도영이 집을 알아본다는 말을 하자 펄쩍 뛰며 만류했다.

자신들은 이곳에서 행복하다며 힘들게 번 돈을 헛된 곳에 쓰지 말라고 거듭 말했다.

하지만 강도영은 부모님의 만류에도 불구하고 서초동에 새로 건축된 고급 아파트를 구입해서 부모님을 이사시켰다.

자신의 통장에는 30억이 훌쩍 넘는 거액이 있었고 앞으로도 많은 돈을 벌 자신이 있었다.

행복하게 살도록 해드리고 싶었다.

좋은 환경, 좋은 아파트에서 사셔도 될 만큼 부모님은 착한 분들이었으니 그래도 된다는 게 그의 생각이었다.

강도영의 숙소는 부모님의 집에서 얼마 떨어지지 않는 아파트를 얻어 전세로 들어갔다.

비록 전세는 비쌌지만 보안이 철저해서 사생활 침해를 받지 않는 곳이었다.

요즘 서헌닥은 갈갈이 퇴근을 한나.

일이 없어서 노는 시간이 대부분이었지만 놈은 여섯시만 되면 딸을 봐야 한다며 뒤도 안 보고 집으로 돌아갔다.

서운했지만 할 수 없는 일이다. 가정이 있는 놈이니 괜히 붙잡아놓는다면 바가지를 긁힐 게 분명했다.

터벅터벅 걸어 본가로 향했다.

검은색 뿔테 안경에 모자를 눌러쓴 채 청바지에 가벼운 점

퍼를 입었기 때문에 그를 알아보는 사람은 없었다.

아직 차는 사지 않았다.

회사에서 나온 밴이 있었고 서현탁도 차를 가지고 있었으니 굳이 차를 살 필요성을 느끼지 않았다.

하지만 그것은 변명이다.

어려서부터 없이 살아서 그런가, 스타가 된 지금도 헛되이 돈을 쓰는 것에는 선뜻 손이 가지 않았다.

집으로 들어서자 노랫소리가 크게 들려왔다.

누군가가 집에서 텔레비전을 보는 모양인데 강도영이 들어서도 모를 정도로 푹 빠져 있는 것 같았다.

"엄마, 저 왔어요."

"도영이니?"

그때서야 놀란 정영숙이 부리나케 달려 나왔다.

43평 아파트라 이전에 살던 집에 비하면 대궐 같은 집이었다.

텔레비전을 비롯해서 각종 전자 제품과 가구까지 싹 바꿨고 인테리어도 새롭게 해서 집은 번쩍번쩍 빛날 정도로 좋았다.

정영숙은 강도영이 인테리어까지 모두 끝내고 세간살이를 전부 바꿔놓은 다음 새집을 보여주자 펑펑 울었다.

살아생전에 이런 집에서 살 수 있을 거라고는 꿈에도 생각하지 못했는데 아들로 인해 부귀영화를 누린다며 그녀는 한동안 울음을 멈추지 못했었다.

"뭘 보길래 아들이 왔는데도 모르세요?"

"응, 엄마가 가장 좋아하는 프로그램을 해서… 미안해, 아들."

"아버지는요?"

"거실에 계셔. 너희 아버지가 요즘 게을러져서 공휴일에는 일을 안 한다."

정영숙이 웃으면서 강도영의 손을 잡아끌고 거실로 가자 소파에 앉아 있던 강성두가 반바지 차림으로 손을 흔들었다.

"왔니?"

"뭔데 그렇게 재밌게 보세요?"

"복면가왕. 이번 주가 가왕전이거든."

힐끗 시계를 바라본 강도영이 씩 웃었다.

5년 만에 새롭게 시작된 복면가왕 시즌 2는 요즘 한창 인기를 끌고 있었는데 강성두와 정영숙은 이 프로그램의 왕팬들이었다.

평소에는 텔레비전의 소리를 작게 틀어놓았지만 복면가왕을 할 때면 볼륨을 높게 틀어놓고 볼 정도로 그들은 이 프로그램을 좋아했다.

"저 프로그램이 그렇게 재밌어요?"

"그럼, 유명한 사람들이 얼굴을 가리고 나와서 그런지 흥미가 짱이야. 너희 아버지도 다른 건 안 보는데 복면가왕 시간만 되면 총알같이 온다니까."

"하하하… 그렇군요."

"오면 온다고 전화라도 하지 그랬어. 전화했으면 맛있는 거 해놨을 텐데……."

"그러지 말라고 그냥 온 거예요. 엄마 힘들까 봐. 그냥 아무거나 있는 대로 먹으면 돼요."

정영숙의 성화에 강도영이 빙글빙글 웃었다.

엄마는 항상 이렇게 아들을 챙긴다.

강성두가 텔레비전을 보다가 불쑥 입을 연 것은 강도영이 자신의 옆에 슬그머니 앉았을 때였다.

"도영아, 영화 개봉할 때 안 됐냐?"

"아직요. 다음 주에 예고편 나온다니까 2달 정도 더 기다려야 해요. 예고편 나오면 꽤 바빠질 것 같아요."

"왜?"

"광고 계약이 잔뜩 밀려 있어요. 그래서 한동안 집에 오지 못할 것 같아요."

"일 때문에 그렇다는데 할 수 없지. 그래도 건강 챙기면서 해."

"걱정 마세요."

"그런데 도영아, 은서는 집에 안 데리고 오니?"

"은서는 갑자기 왜요?"

"이놈아, 현탁이는 장가가서 애까지 낳았는데 왜라니. 나도 손자 안아보고 싶어서 그렇지!"

*   *   *

박성우는 50대 중반의 회사원이다.

대한민국에서 신의 직장으로 불리는 공기업 기관장으로 취미가 다양했는데 테니스와 배드민턴, 골프가 선수급이었고 눈이 나빠진 지금도 한 달에 책을 꼭 두세 권씩 읽었다.

그러나 그가 가장 좋아하고 사랑하는 것은 영화였다.

어릴 적 그의 꿈은 세 가지였다.

하나는 스포츠 전문 가자였고, 두 번째는 소설가였으며, 마지막이 영화 제작자였다.

스포츠 전문 기사는 너무 늦어 포기했으나 꿈을 이루고 싶다는 열망으로 밤잠을 설쳐가며 기어코 6권짜리 소설을 발간하는 기적을 이뤄냈다.

그의 소설은 100여 번의 수정 끝에 활자화되어 세상에 나왔는데 3년 동안 공휴일을 모두 반납했고 주중에도 12시까지 글을 쓰는 집념 끝에 얻은 성과였다.

그의 소설은 대중들에게 커다란 인기를 얻지 못했지만 그는 자신의 이름을 걸고 나온 책을 보면서 하염없이 울었다.

모든 정열을 바쳐 무언가를 이뤄냈을 때 사람들은 감동이란 이름 아래 눈물을 흘리는 법이다.

그는 어려서부터 영화를 참 좋아했다.

영화 제작자란 꿈도 어찌 보면 영화를 좋아하던 그에게 자연스럽게 따라붙은 현상일지도 모른다.

대학생 때 봤던 영웅본색은 그의 감정을 송두리째 뺏어버릴 만큼 마력적이었고 치명적이었다.

결혼을 하고도 그는 일주일에 서너 편씩 비디오를 빌려 영화를 봤다.

애들이 빽빽 울어도 영화를 봤기 때문에 마누라한테 잔소리도 많이 들었다.

그러나 애들이 전부 커서 회사원이 된 후부터 마누라를 모시고 영화관을 가는 것이 그들의 삶에서 가장 커다란 행복이 되었다.

마누라인 김미라는 영화를 좋아하지 않았지만 계속해서 박성우가 매주 영화관에 데려갔기 때문에 이제는 영화의 내용만 봐도 관객 수가 얼마나 들 건지 때려 맞히기까지 했다.

"여보, 이리 와봐!"

"어허, 시끄럽게. 마누라님 오수를 즐기시는데 웬 호들갑이야?"

컴퓨터 방에 있던 박성우가 소리치자 소파에서 낮잠을 자던 김미라가 부스스한 모습으로 다가와 눈을 부릅떴다.

처음 시집왔을 때는 살짝 음성만 높여도 쩔쩔 매던 마누라는 이제 호랑이가 다 되어 있었다.

"떴어."

"뭐가 떴는데?"

"당신이 죽고 못 사는 강도영이 떴다고. 광개토대제 예고편이 나왔다."

"정말이야?"

마누라가 총알같이 다가오자 박성우가 슬그머니 의자를 가져다 준 후 긴장된 손길로 마우스를 끌어내렸다.

그는 간절히 기다리던 광개토대제의 예고편이 방금 나왔다는 걸 알았지만 김미라와 같이 보려고 아직 동영상을 클릭하지 않은 상태였다.

"준비하시고. 우리 시작해 볼까나?"

"어휴, 이 양반이. 빨랑 안 틀어!"

"소리 지르지 마. 나 가뜩이나 귀가 안 좋은데 당신이 자꾸 소리 지르니까 점점 더 안 좋아지는 것 같아."

"그럼 맞고 시작할래?"

박성우가 일부러 미적거리며 놀려대자 김미라가 주먹을 불끈 들어 올렸다.

김미라는 히어로와 신비한 남자를 보면서 강도영이라면 죽고 못 살 정도로 팬이 되어 있었다.

"자, 그럼 갑니다."

박선우가 동영상 플레이를 누르자 영화를 보기 위해 특별히 마련한 40인치 모니터에서 서서히 말발굽 소리가 들려오더니 엄청난 숫자의 기마군단이 화면을 가득 채우면서 상단부터 하나씩 글자가 내려왔다.

광개토대제란 타이틀이었다.

"우와!"

단 한 장면에 벌써부터 김미라의 입이 떡 벌어졌다.

그녀 역시 수많은 영화를 봤지만 이 정도의 기마군단이 움직이는 영상은 처음 봤기 때문이다.

화면에서 강도영의 투구 쓴 모습이 잡혔고 곧이어 북방 전투 사령관 유혁과 왕비이자 여전사인 문정혜가 말을 타고 달리는 장면이 나왔다.

1분짜리 예고편의 마지막을 장식한 건 강도영이 말을 타고 천천히 앞으로 나가는 장면이었다.

그의 뒤에는 수많은 기마 병력이 서 있었고 전면에는 적장이 서서히 다가오는 중이었다.

고구려를 상징하는 삼족오의 깃발과 흑색 철갑 기마병.

기마병의 숫자는 셀 수 없었는데 화면을 가득 채우고도 남아서 벌판의 끝까지 이어지고 있었다.

예고편치고는 짧았다.

다른 영화의 예고편들은 대부분 1분 30초가 많았으나 광개토대제는 불과 1분짜리 동영상이 올라와 있을 뿐이었다.

그럼에도 너무나 강렬해서 박성우와 김미라는 한참 동안 화면에서 눈을 떼지 못했다.

시간이 문제가 아니었다.

그 1분 동안 담겨 있는 웅대한 스케일과 비장미는 그 어떤 예고편보다 강렬해서 소름이 돋을 지경이었다.

"아무래도 김동혁이 미친 것 같지?"

"이거 제작비가 얼마나 들었다고 했어?"

"700억 들었다고 하더라."

"흐미… 많다. 그래서 그런가 어마어마하네. 여보, 이거 언제 개봉한대?"

"아직 모르겠어. 예고편 나왔으니까 조만간 결정되겠지. 보통 한 2개월 정도 걸리더라."

"알아봐. 그래서 총알같이 보고하도록."

"아니… 이 사람이. 그걸 왜 나한테 시켜!"

"그럼 누가 하리. 왕비인 내가 할까?"

"미치겠네요."

"어쨌든 개봉일 알아서 보고하고 개봉하자마자 볼 수 있도록 예매까지 해놓으세요. 좋은 말로 할 때. 알았지?"

"아이고, 어째 당신은 나이가 먹을수록 신랑을 하인 취급 하니. 너무한 거 아냐?"

"호호호, 대신 내가 예뻐해 주잖아. 맛있는 것도 많이 해주 고."

"알았어, 알았다고. 무조건 개봉일에 볼 수 있도록 준비해 놓을 테니까 전화하면 외출 준비나 하고 기다려."

                    *   *   *

광개토대제의 예고편이 나오자 인터넷은 난리가 났다.

워낙 예고편의 내용이 강렬했기 때문인데 동영상을 본 사 람들의 댓글은 하나같이 기대감으로 가득 차 있는 것들뿐이 었다.

―우와! 봤냐, 봤어? 저 미친 스케일!

―강도영 대박, 완전 카리스마!

―무시무시하네. 예고편이 저 정도면 도대체 본편은 어느 정도 라는 거야!

―개봉 빨리해라. 기다리다 숨넘어가겠다.

영화 사이트에 수많은 댓글이 달렸다.

불과 하루 만에 달린 댓글이 천 개를 훌쩍 넘어갔고 동영상 조회수는 백오십만에 달할 정도였다.

엄청난 반응.

지금까지 대한민국 영화 역사상 예고편 하나만으로 이런 반응이 나온 것은 광개토대제가 처음이었다.

*　　　　*　　　　*

"정 피디, 섭외해 봤어?"

"예, DR미디어 사장하고 직접 통화했습니다."

"그런데?"

"주형길 사장은 감독과 배우들하고 상의해서 전화해 준답니다. 그런데 아무래도 반응이 찜찜해요."

정한수가 연예부 국장 이장래의 질문에 대답하면서 입맛을 다셨다.

통화한 내용에서 뭔가 이상한 점을 느꼈기 때문이다.

공중파 방송 TBC에는 다른 방송사에서 눈물 나도록 부러워하는 프로그램이 존재하는데 그건 바로 정한수가 연출하고 있는 '무모한 도전'이었다.

여섯 명의 개그맨이 나와서 이름 그대로 터무니없는 도전을

하는 프로그램으로 연출이 워낙 재밌었고 개그맨들이 시청자
들을 정신없이 웃길 만큼 훌륭하게 소화했기 때문에 10년이
넘도록 국민 프로그램으로 사랑받는 장수 프로그램이었다.

주말 황금 시간대에 방송되는 '무모한 도전'의 시청률은 항
상 30%를 육박할 정도로 인기를 얻고 있었기 때문에 섭외가
오면 스타들이 무조건 출연하고 싶어 했다.

그랬기에 무모한 도전의 정한수 피디는 슈퍼 갑으로서의 지
위를 확보하고 있었다.

수많은 기획사에서 자신의 배우와 가수들을 무모한 도전에
출연시키기 위해 로비를 했는데 어떤 회사는 돈다발을 들고
올 정도였다.

새로 개봉하는 영화의 배우들이 단체로 출연한 것도 제작
사의 로비에 의한 것이었다.

영화의 흥행을 위해서 인기 방송인 '무모한 도전'을 이용하
려는 속셈이었다.

그런 것을 알면서도 응한 것은 서로가 도움이 되기 때문이
었다.

무모한 도전 역시, 출연료를 줄 필요 없는 톱스타들이 나온
다는 건 절대 손해 보는 장사가 아니었다.

하지만 이번에는 달랐다.

연예국장이 직접 먼저 나서서 광개토대제 출연진을 섭외하

라며 오더를 내린 것은 정말 이해할 수 없는 일이었다.

지금까지 그는 영화사 측의 로비를 받고 지시를 내린 적은 있지만 먼저 몸이 달아서 섭외하라며 닦달한 것은 이번이 처음이었다.

이창래가 인상을 긁은 것은 정한수의 대답이 시원치 않았다는 뜻이었다.

"이봐, 정 피디. 지금 이게 안 된다고 그냥 끝날 일인 것 같냐?"

"무슨 말씀이신지……."

"이건 내 오더가 아니라 사장님 오더야. 그런데 그런 말이 나와?"

"사장님이 말씀하셨다고요. 갑자기 사장님이 왜……?"

"그 양반 감이겠지. 광개토대제에 대한 감 말이야. 지금 인터넷이 난리가 났어. 너, 영화 역사상 기대 지수가 90이 넘은 거 봤어?"

"글쎄요. 전 영화를 별로 좋아하지 않아서 모르겠습니다."

"강도영을 끌어내. 그래서 무조건 출연시켜. 조건 좋잖아. 영화 홍보라는 조건이 있는데 그놈들이 망설일 이유가 뭐가 있겠어!"

"그건 그런데 주형길 사장이 말미에 한 말이 걸립니다."

"뭐라고 했는데?"

"강도영이 텔레비전 출연을 극도로 싫어한답니다. 저번에 텔레비전에 나와서 곤욕을 치렀다더군요."

"하아… 그런 미친 자식을 봤나."

"어쨌든 해보겠습니다. 정 안 되면 임준현이라도 보내야지요."

"걔 가지고 통하겠어?"

"임준현은 단순한 국민 MC가 아닙니다. 워낙 인맥이 특별한 사람이니까 강도영을 끌어낼 수 있을지도 모릅니다."

*   *   *

유혁은 영화 촬영이 끝나자 그가 가장 좋아하는 낚시로 세월을 보내고 있었다.

돈은 벌 만큼 벌었으니 욕심도 없었다.

회사에서는 광고가 물밀듯 들어온다며 수시로 계약하자는 제의를 해왔지만 그는 철저하게 자신의 스케줄을 조정하고 여유를 즐겼다.

그가 서해안에 있는 청량호에 온 것은 이틀 전의 일이었다.

친한 후배 두 명과 같이 왔는데 놈들은 그를 신으로 모실 만큼 존경하며 따라다니는 배우들이었다.

텐트를 치고 직접 잡은 고기로 매운탕을 끓여 식사를 하는 맛은 해보지 않은 사람들이라면 절대 모른다.

그야말로 신선놀음이 따로 없었다.

오늘도 그는 오전 내내 낚시를 하다가 텐트로 들어가 늘어지게 낮잠을 잤다.

후배인 유영석이 금방 숨이 넘어갈 것처럼 뛰어 들어온 것은 잠에서 깨어 등을 북북 긁고 있을 때였다.

"형님, 나와보십시오!"

"전쟁 났냐. 왜 호들갑이야?"

"밖에 임준현 씨가 와 있습니다. 무모한 도전의 정한수 피디하고요."

"준현이가 여길 왜 와. 정 피디는 또 왜 오고?"

"그건 제가 모르죠. 일단 나가보세요. 기다리고 있으니까요."

유영석이 슬금슬금 텐트를 빠져나갔기 때문에 유혁은 바지를 주섬주섬 입고 벗어놓았던 검정색 남방을 걸친 후 텐트를 나왔다.

텐트에서 빠져나와 처음 눈에 들어온 긴 유영석의 말대로 대통령보다 더 바쁘다는 임준현이었다.

"얼씨구, 네가 웬일이냐?"

"너 보고 싶어서 왔지. 지나가던 길에."

지나가던 길?

개똥 같은 소리다. 임준현이 지나가는 길에 서해안에 있는 이곳 청량호까지 왔다는 변명은 통나무로 이빨을 쑤셨다는 말과 비슷한 것이었다.

임준현.

자타가 공인하는 대한민국 최고의 MC로 유혁과는 오래전부터 알고 지내는 친구였다.

나이도 같았고 성격도 비슷해서 두 달에 한 번 꼴로 만나 술을 마시는 사이였으니 몇 안 되는 친구 명단 중에서도 꼭대기에 있는 놈이었다.

"낚시나 할래?"

"좋지. 정 피디는 알지?"

"그럼, 잘 알지. 정 피디까지 온 걸 보니까 속셈이 있는 것 같구만."

"일단 옷부터 갈아입자. 오늘 저녁은 매운탕에 라면 먹으면 죽여주겠다."

여우와 늑대가 옷을 갈아입었다.

그들은 자신의 용건을 불쑥 꺼내는 어리석음을 범하지 않은 채 한동안 낚싯대와 씨름하며 미끼를 끼우느라 낑낑댔다.

후배들의 낚싯대를 빼앗아 두 사람에게 주고 유혁이 가운데에 앉았지만 임준현과 정한수는 엉뚱한 이야기로 시간을 보내며 뜸을 들였다.

결국 먼저 본론을 꺼낸 것은 유혁이었다.

"자, 이만하면 밥이 다 되고도 남았잖아. 말해, 더 답답하게 만들면 확 낚싯대 접고 도망간다."

"혁아, 우리 프로그램에 나와주라."

"왜?"

"이번에 너 영화 찍었잖아. 나와서 너희 영화 홍보도 하고 놀다 가."

"그거 아냐?"

"뭐?"

"너희 프로그램에 홍보 나간 영화들 전부 망한 거? 인마, 자신 없는 놈들이나 홍보하러 다니는 거야. 우리는 시사회에 가서 인사만 하는 것으로 정해져 있어. 나는 낚시하느라 바쁘기도 하고."

"야, 내 얼굴 봐서라도 나와. 무모한 도전 하면서 정 피디한테 이렇게 시달리는 거 처음이다. 이 자식, 아주 날 잡아먹으려고 해."

임준현이 정한수를 바라보며 인상을 산뜩 씨푸렸다.

어울리지 않는다.

텔레비전에 나오는 그의 모습은 언제나 웃는 얼굴이었기 때문에 그가 인상을 찡그리자 묘한 위화감이 들었다.

하지만 인상을 쓰고 있는 건 정한수도 마찬가지였다.

"형님, 오죽하면 낚시터까지 찾아왔겠습니까. 문정혜 씨는 나오기로 했습니다. 그러니까 웬만하면 출연해 주시죠."

"끄응… 참 별일이네. 콧대 높기로 소문난 무모한 도전에서 이렇게까지 하는 이유가 뭐야?"

"사장님이 특별히 광개토대제 팀을 특집 편으로 꾸미라는 지시를 내렸어요."

"왜?"

"인터넷 반응이 워낙 좋으니까 거기에 꽂히신 모양입니다. 그 양반 나름대로 예능 쪽 출신이잖아요."

"정말, 괴롭히는구만. 내가 안 나가면 우리 준현이가 곤란하겠네. 그렇지?"

정한수의 말에 유혁이 입맛을 다셨다.

방송사 사장의 직접 명령이라면 충분히 괴로울 만했다.

임준현이 끼어든 것은 유혁의 얼굴에서 희망을 찾아냈기 때문이다.

"그러니까 네가 친구 좀 살려줘라. 어떻게 좀 안 되겠냐?"

"좋아, 나간다. 친구 놈이 죽겠다는데 모른 체할 수 없지. 그래, 녹화가 언제냐?"

"다음 주 화요일. 여유가 있으니까 서두르지 않아도 돼. 그런데 말이지……"

"그런데 또 뭐?"

"네가 강도영이를 데리고 나와줬으면 좋겠다. 걔가 우리 전화를 안 받아."

"어쩐지, 니들이 여기까지 찾아온 게 이상했다. 결국 여기까지 온 건 도영이가 목적이었던 모양이었군."

"미안하다."

"푸하하하… 임준현, 너 인기 얻더니 사람 많이 변했구나. 예전에는 안 그랬는데."

"혁아!"

"인마, 다른 건 다 해줘도 그것만은 안 되겠다. 도영이는 지금 현재 대한민국 최고의 스타야. 그런 놈을 출연시키려면 그만한 대가를 치러야지 이런 꼼수를 쓰면 되겠어. 가서 TBC 사장한테 전해. 정말 출연시키고 싶으면 직접 가서 성의를 보이란 말이야."

*　　　　　*　　　　　*

이승환은 인상을 잔뜩 찌푸린 채 한숨을 연신 흘려냈다.

TBC 사장에게 직접 콜을 당해서 방송사에 갔다 온 건 이틀 전의 일이었다.

태어나서 처음으로 방송사 사장 방에 들어가자 기부터 죽었다.

그가 페이스를 창업해서 활동한 지 15년이 넘었고 간덩이도 제법 커졌지만 방송사 사장의 포스를 감당하기에는 무리가 따랐다.

사장의 요청은 간단했다.

하지만 결코 간단한 일이 아니었기에 죄인처럼 고개를 숙이고 있다가 조용하게 사장실을 빠져나왔다.

"씨발, 이것도 갈수록 못해먹겠네."

"도영이 금방 도착할 겁니다. 천천히 상의해 보시죠."

"이건 상의할 내용이 아니야. 상의를 해서 될 내용이면 내가 고민을 하겠냐?"

"TBC 사장이 직접 부탁한 거잖습니까. 예전에 TCN 본부장 협박 사건과는 근본적으로 달라요. 이걸 무시하면 우리 회사에 커다란 타격이 올 겁니다."

"알아, 그래도 도영이가 안 된다면 안 되는 거야."

"사장님!"

"윤 실장, 지금 도영이가 우리 회사에 차지하는 매출액이 얼만지 알면서도 그런 소리가 나와?"

"피해가 상당할 텐데요?"

"그래도 안 돼. 나는 도영이의 소속사 사장이야. 도영이가 하고 싶지 않다면 절대 강요하지 않을 생각이다. TBC 사장 파워가 아무리 대단해도 이제는 도영이를 어쩔 수 없어."

"그래도 일단은 말이나 해보시죠."

"그건… 그래야겠지."

윤철욱이 답답한 표정을 풀지 못하자 이승환도 덩달아 한숨을 흘렸다.

대차게 말은 했지만 좋지 않은 상황인 것만은 분명했다.

문이 열리고 강도영과 서현탁이 들어온 건 그들이 싸늘하게 식은 커피를 보약처럼 마시고 있을 때였다.

"어서 와라. 잘 쉬었냐?"

"오랜만에 실컷 늦잠도 자고 영화도 많이 봤습니다. 이거, 노니까 좋은데요."

"하하하… 그런데 어쩌냐. 이제 일해야 되는데."

"그렇잖아도 2달 쉬었더니 몸이 근질거려요. 말씀하시죠. 텔레비전 출연 빼고는 전부 다 할 테니까."

"그렇게 텔레비전 출연이 싫냐?"

"저는 꼭두각시처럼 앉아 있는 게 싫습니다. 더군다나 사람을 장난감처럼 다루는 건 더욱 싫고요."

"휴우… 어쩔 수 없구나."

강도영의 대답을 들은 이승환의 입에서 긴 한숨이 새어 나왔다.

강도영의 입이 슬그머니 떨어진 것은 그 한숨에서 많은 의미가 내포되었다는 걸 눈치챘기 때문이다.

"무슨 일 있군요?"

"TBC 사장이 직접 나를 불렀다. 네가 걔들 전화를 안 받는다면서 나를 부른 거야."

"무모한 도전 말씀이죠?"

"맞아. 사장이 불러서 사정하더라. 너를 출연시켜 달라고. 유혁하고 문정혜는 출연한다면서 너를 꼭 출연시켜 달래."

"그래서요?"

"대답하지 않았다. 아무리 TBC 사장이라도 나는 내 배우가 더 중요하니까."

"잘하셨네요. 무모한 도전이라면 더욱더 안 나갑니다. 그 프로그램은 배우를 광대로 만드는 재주가 있더군요. 저는 결코 광대가 될 생각이 없습니다."

"광대는 무슨… 그냥 놀다 오면 되는 건데……."

"어쨌든 저는 싫습니다. 그러니까 사장님이 잘 막아주세요."

"무슨 뜻인지 알았다. 그럼 그 얘긴 그만하고 광고 얘기를 하지. 지금 너한테 광고 제의가 쏟아지고 있어. 하지만 나는 그중 5개만 골랐다. 최대한 네 이미지를 훼손시키지 않을 것으로만 추린 거야. 그중에서 먼저 맥주 광고와 협상 중인데 내일까지 연락을 달라고 했다. 내가 조금 무리를 한 것 같아서 걱정은 되지만 끝까지 버텨볼 생각이다."

"얼마를 달라고 하셨는데요?"

"20억."

"예?"

강도영이 입을 떡 벌렸다.

이승환의 배포가 크다는 걸 이전부터 알고 있었지만 이 정
도일 줄은 몰랐다.

최고의 한류 스타 안찬욱과 황윤형이 중국 기업의 광고에
출연하면서 18억을 받았다는 뉴스를 본 적이 있지만 국내에
서는 10억을 넘은 적이 단 두 번밖에 없었다.

그런데도 이승환은 처음의 찌푸렸던 얼굴을 활짝 펴고 강도
영을 향해 웃음을 짓고 있었다.

"이번에 성공하면 네 몸값은 20억으로 책정된다. 어떤 광고
라도 말이야. 처음에 잘 패놔야 다른 놈들도 쉽게 덤비지 못
하는 법이야. 그래서 나는… 이번 SQ맥주가 20억을 거절하면
깔끔하게 계약을 포기할 생각이다."

"정말 사장님, 대단하시네요."

"내 배포는 네가 만들어준 거야. 너는 그만한 상품 가치가
있기 때문이지. 그러니까 우리 기도나 하면서 기다리자."

*   *   *

SQ맥주는 대한민국 최대의 맥주 회사로 일 년 매출액이 최
고 1조 8,000억까지 육박했으나 최근 들어 시장 점유율을 2위
업체인 피닉스맥주와 외국 업체들에게 빼앗기면서 현재는 1조

3,000억까지 떨어진 상태였다.

발등에 떨어진 불이 점점 타올라 이제는 특단의 대책을 세우지 않으면 경영 위기에 빠질 정도로 심각한 상황이었다.

매출액이 떨어진 원인에 대해서 전문가 진단을 해본 결과, 전혀 생각치도 못했던 이유가 나왔다.

매출액 저하의 원인은 상대 맥주의 맛이 뛰어나서가 아니라 바로 피닉스맥주를 광고하는 모델에게 있다는 것이었다.

피닉스맥주는 3년 전부터 최고의 인기걸 그룹 '에버그린'의 멤버 설연을 광고 모델로 썼는데 맥주 소비의 주 고객층인 30, 40대 남자들에게 폭발적인 인기를 끌고 있었다.

168cm의 키에 48kg의 몸무게에서 알 수 있듯 완벽한 몸매를 자랑하는 그녀는 대한민국 남자라면 누구나 환호성을 지를 만큼 섹시함과 청순함을 동시에 지닌 여자였다.

거대한 회의장에 앉아 있는 사람들은 모두 다섯.

SQ맥주를 이끌고 있는 사장 김근조와 기획실장, 홍보실장 등 핵심 경영진이었다.

"보고해 봐."

"페이스 쪽에서는 절대 개런티 협상을 하지 않겠답니다. 저희 쪽에서 가격을 내리면 협상을 포기하겠다는군요."

"미친놈들… 설연이 개런티가 얼마였지?"

"지금은 올라서 8억 선으로 알고 있습니다."

기획실장이 서류를 들썩여 확인한 후 보고하자 사장인 김근조의 표정이 단박에 일그러졌다.

설연은 맥주 광고만 하는 게 아니었다.

화장품을 비롯해서 자동차, 심지어 휴대폰 광고에 출연하면서 현재 광고판의 여왕으로 등극한 여자였다.

그런 여자도 8억을 받는데 20억을 요구하다니 기가 막힐 일이었다.

"홍보실 생각은?"

"차선책으로 다른 여자 연예인과 톱스타들을 대상으로 비교 우위를 분석해 봤으나 설연을 이길 수 없다는 결과가 나왔습니다. 설연이 지닌 섹시함과 청순미가 맥주 광고와 더없이 어울리기 때문입니다."

"그래서?"

"현재 설연을 이길 수 있는 스타는 강도영이 유일하다는 결론입니다. 광개토대제의 예고편이 터진 후로 강도영은 다른 배우들에 비해 압도적인 인기를 얻고 있습니다. 더군다나 광개토대제가 개봉해서 흥행에 성공할 경우 그 인기는 상상을 초월할 것이라 생각됩니다."

"그놈 인기의 비결이 도대체 뭐야?"

"강도영의 인기는 어느 한 분야에 특화되어 있지 않습니다. 엄청난 액션 능력과 표정 연기, 그리고 대사 처리 능력까지 배우들이 가져야 할 요소들 모두가 베스트로 평가되고 있습니다."

"내가 알기로 강도영은 여자들에게 폭발적인 인기를 얻고 있다던데… 홍보실장도 알다시피 우리 회사는 맥주를 팔아먹는 회사야. 설연이 피닉스를 성공시킨 건 그년이 남자들을 홀렸기 때문이라며?"

"맞습니다. 하지만 강도영은 그 이상입니다. 사장님 말씀처럼 강도영이 여자들에게 폭발적인 인기를 끌고 있지만 남자들에게도 그에 못지않은 인기를 얻고 있습니다. 강도영에게는 남자들의 워너비가 있기 때문입니다. 강도영은 히어로와 신비한 남자, 그리고 현재 개봉 예정인 광개토대제에서 무시무시한 카리스마를 뿜어냈기 때문에 30, 40대 남자들도 그에게 열광하고 있습니다."

"그럼 설연을 확실하게 이길 수 있다는 뜻인가?"

"저희 판단으로는 그렇습니다."

"좋다, 그럼 베팅해. 피닉스를 잡을 수만 있다면 그까짓 20억이 문제겠나. 광고는 최고로 잘 만드는 놈들에게 맡기고 최대한 서둘러. 한 달 이내에 때릴 수 있도록 준비하란 말이야!"

강도영이 SQ맥주와 20억이라는 개런티를 받았다는 소식이 전해지자 연예계가 전부 들썩였다.

광고 출연료로 20억을 받은 스타는 지금까지 아무도 없었기 때문이다.

언론은 양쪽으로 나뉘어 팽팽하게 맞섰다.

한쪽은 몸값이 너무 부풀려졌고 너무 과도한 출연료는 사회 전반의 분위기를 망친다는 주장이었고, 반대쪽은 가치가 충분하다면 20억이 아니라 30억을 줘도 아무런 문제가 없다는 것이었다.

후자 쪽은 미국 스포츠 스타나 영화배우들의 예를 들면서 그들은 광고 한 편 출연하는 데 200억까지 받는다며 우리나라 사회는 너무 틀에 박힌 마녀사냥을 하는 것이 문제라고 지적했다.

어쨌든 강도영의 광고는 빠르게 진행되었다.

SQ의 의뢰를 받은 광고 회사는 이글아이를 찍었던 일두기획이었는데 감독은 이재성이란 사람이었다.

이재성이 내놓은 광고 콘셉트는 지금까지 있었던 것과 전혀 다르게 강도영이란 실존 인물을 그대로 여과 없이 찍는다는 것이었다.

광고의 주 무대는 홍대에서 가장 큰 클럽 '스틸페이스'였다.

날것 그대로의 촬영.

수없이 많은 젊은이가 청춘을 발산하는 곳에 슈퍼스타 강도영이 나타난다.

클럽 DJ가 강도영이 온 것을 알렸을 때 젊은이들의 반응을 그대로 여과 없이 촬영하는데 강도영은 스태프들이 미리 준비한 SQ의 신상품 '오로라'를 든 채 무대로 나가 젊음을 만끽한다는 내용이었다.

촬영 당일.

강도영이 서현탁과 함께 '스틸페이스'에 들어서자 감독인 이재성이 웃는 얼굴로 다가왔다.

"도영 씨, 춤은 준비되었죠?"

"예, 2주 동안 연습했습니다. 실망시키지 않을 정도는 될 테니 걱정하지 마세요."

"오케이. 편하게 합시다. 광고 콘셉트가 자유로운 청춘이니까 날것 그대로 즐기시면 됩니다. 나머지는 다 우리가 알아서 할 테니 도영 씨는 그저 재밌게 놀아주시기만 하면 돼요."

"알겠습니다."

이재성이 준비를 위해 클럽 안으로 급히 들어가자 강도영이 입고 있던 상의를 벗어 서현탁에게 건네주고 고개를 좌우로 꺾었다.

나름대로의 준비 자세다.

이제 클럽으로 들어가서 DJ가 그를 소개하면 활짝 웃는 얼굴로 사람들과 섞여서 춤을 추면 된다.

강도영은 검은색 옷으로 아래위를 맞춰 입었다.

검은 정장 바지에 검은 셔츠를 받쳐 입었는데 셔츠는 팔뚝이 보이도록 걷어 올렸고 상의 단추는 두 개를 풀러 목이 그대로 노출되었다.

강도영이 정말 무서운 것은 검은색을 뚫고 솟구쳐 오르는 광채가 사방을 비춘다는 것이었다.

서은경이 만들어낸 화장 기술은 그의 외모를 더욱 돋보이게 만드는 마술을 부리기에 충분했다.

조연출의 신호에 맞춰 '스틸페이스'의 계단을 내려가자 3대의 카메라가 그를 그림자처럼 따라왔다.

문을 열기 전부터 강렬한 비트의 음악이 귀를 파고들며 심장을 뛰게 만들었다.

철옹성같이 닫혀져 있는 문을 열고 홀로 들어서서 중앙으로 길게 난 복도를 따라 걷자 무대를 가득 채운 채 춤을 추고 있는 사람들이 보였다.

클럽의 특징답게 사람들은 복도에서도, 계단에서도, 이 층의 난간에서도 춤을 추고 있었다.

카메라 조명을 받으며 그가 무대 쪽으로 다가가자 드디어 DJ가 강도영을 소개했다.

"오늘 우리 클럽에는 대한민국 최고의 스타 강도영 씨가 오셨습니다. 젊은 청춘을 즐기기 위해서, 바로 당신들과 함께!"

그의 멘트가 끝나자 춤에 몰입되어 있던 사람들이 어리둥

절한 표정을 지었다.

사전에 아무런 정보도 제공하지 않았기 때문에 사람들은 DJ의 멘트가 무슨 뜻인지 알지 못했다.

그러나 곧 조명이 비추며 강도영이 무대의 중앙으로 나가자 사람들의 입에서 비명 소리가 흘러나왔다.

"강도영… 강도영이다!"

금방이라도 쓰러질 것처럼 비틀거리는 여자들이 있었고 그를 가까이 보기 위해 몰려든 사람들로 인해 무대가 금방 난장판으로 변했다.

하지만 그 소란은 강렬한 음악에 맞춰 강도영이 춤을 추기 시작하면서 천천히 가라앉기 시작하더니 금방 더없이 화려하고도 뜨거운 파티로 변해갔다.

*　　　　　*　　　　　*

"완전히 카멜레온 같은 놈이야. 광개토대제 예고편에서 봤던 거와는 전혀 다르구만."

"그렇지?"

"강도영과 함께, 청춘이여 가자! 카피 문구도 죽여준다."

"카피 문구보다 콘셉트가 신선하잖아. 씨발, 이러다가 우리 좆 되는 거 아냐?"

피닉스맥주 홍보실에 근무하는 박용일과 석의단은 맥주집에 나란히 앉아 강도영이 나온 광고를 본 후 입맛을 쩝쩝 다셨다.

둘은 광고를 담당하는 차장들이었는데 설연을 발굴해서 매출액을 크게 신장시킨 공로로 특별 승진까지 한 사람들이었다.

100여 명 훌쩍 넘게 수용하는 커다란 맥주집의 벽면에는 대형 스크린이 걸려 있었는데 강도영이 출연한 SQ맥주의 신상품 '오로라'의 광고가 나오자 모든 사람이 대화를 멈추고 화면에 시선을 고정시키고 있었다.

탄성 또는 감탄.

여자들은 강도영이 춤추는 장면을 보면서 비명을 질렀고 남자들은 여자들의 비명 소리와 강도영의 매혹적인 춤 솜씨에 탄식을 흘려냈다.

"아무래도 기분이 좋지 않아. 반응이… 생각보다 훨씬 커."

"설연이 광고 언제 들어가지?"

"일주일 후에."

"서둘러야 되겠어. 이대로라면 오로라한테 밀릴 것 같아."

"이미 늦었어."

박용일이 엉덩이를 들썩이자 석의단이 쓴웃음을 지으며 주변을 둘러봤다.

강도영이 출연한 광고가 끝나면서 사람들이 SQ맥주를 무더

기로 시키고 있었기 때문이다.

홍보쟁이들한테는 감이란 게 있다.

어떤 내용의 광고를 만들고 어떤 스타를 출연시키느냐에 따라 제품의 사활이 결정되기 때문에 감이 시퍼렇게 살아 있지 않으면 이 세계에서 버틸 수 없다.

SQ의 광고를 보면서 석의단은 절망감을 느꼈다.

어떤 놈이 만들었는지 몰라도 강도영의 매력을 극대화시킨 저 광고는 당분간 사람들의 뇌리 속으로 마약처럼 파고들 게 분명했다.

그랬기에 그의 입에서 흘러나온 말은 절망에 가득 찬 것이었다.

"이젠 설연이를 나체로 출연시켜도 안 될 것 같다. 강도영은 설연이가 잡을 레벨이 아니야. 저놈은 괴물이다."

제38장
새로운 역사II

　광개토대제의 개봉일은 10월 셋째 주 목요일로 정해졌다.

　문제는 그 전주에 서울 5개 영화관을 지정해서 유료 시사회를 한다고 DR미디어 측에서 발표를 했다는 것이다.

　사람들의 열광이 시작되었다.

　간절히 기대하던 영화의 개봉일이 잡히자 각종 언론은 물론이고 인터넷은 또다시 전쟁 통으로 빠져들었다.

　〈광개토대제, 드디어 개봉일 확정!〉

　〈오랜 기다림의 미학, 광개토대제의 영혼, 드디어 출격하다〉

단순히 개봉일이 잡혔다는 것만으로도 언론은 자극적인 타이틀을 뽑아내며 대서특필을 터뜨렸다.

그러나 사람들의 관심은 언론이 뽑아낸 기사보다 유료 시사회에 몰렸다.

유료 시사회까지는 앞으로 10일.

기다림을 견디지 못한 사람들의 관심은 온통 5개의 영화관이 어디인가로 몰렸는데 장소만 알면 당장에라도 달려갈 기세였다.

＊　　　＊　　　＊

박성우는 인터넷으로 광개토대제의 유료 시사회 날짜를 확인한 후 입맛을 다셨다.

하필 유료 시사회 날짜가 집사람의 생일과 일치하고 있었기 때문이다.

아침부터 인터넷을 전부 뒤져 찾아낸 상영관은 모두 5개.

그중에서 집과 가장 가까운 곳은 서초동에 있는 멀티플렉스 영화관이었다.

자연스럽게 고민 속으로 빠져들었다.

유료 시사회는 이틀 후인 목요일 오후 3시로 예정되어 있었는데 단 한 번만 상영했기 때문에 그 시간을 놓치면 정규 개봉일까지 기다려야 했다.

"처장님, 얼굴색이 안 좋으시네요?"

"응, 앉아. 차나 한잔하지."

그가 인터넷을 열어놓고 고민에 빠져 있을 때 그의 오른팔 격인 재무부장이 서류철을 들고 들어왔다.

하지만 보고할 내용은 아니었던지 슬그머니 자리에 앉아 박성우의 얼굴을 쳐다보며 걱정스러운 표정을 지었다.

비서가 차를 들고 들어오자 재무부장이 박성우의 눈치를 보면서 입을 열었다.

"무슨 일 있으십니까?"

"별일 아니고, 모레가 마누라 생일인데 나한테 어려운 임무를 맡겨놔서 말이야."

"형수님이요?"

"그래."

"뭔데요?"

"이번에 광개토대제 유료 시사회가 열리는데 반드시 볼 수 있도록 준비하라네. 그런데 그게 녹록치 않은 것 같아."

"아, 그거 기다리는 사람이 많다고 들었습니다. 예매도 안 되서 영화관 선착순으로 들어가야 한다던데요."

"그러니까 말이야."

박성우의 대답에 힘이 빠져 있었다.

그랬기에 재무부장의 얼굴에서 희미한 웃음기가 배어 나왔다.

보스인 박성우는 애처가로 소문난 사람이었고 형수와의 사이가 너무 좋아서 일이 끝나면 약속이 없는 한 총알같이 귀가하는 것으로 유명했다.

"걱정하지 마십시오. 제가 해결하겠습니다."

"자네가 어떻게?"

"혹시 코끼리를 냉장고에 집어넣는 방법 아십니까?"

"이 사람아, 코끼리를 냉장고에 어떻게 집어넣어!"

"집어넣을 수 있습니다. 오른팔을 시키면 되거든요. 제가 처장님 오른팔이니까 광개토대제 표는 무조건 구해 오겠습니다. 그러니까 걱정하지 마시고 시간에 맞춰서 형수님하고 데이트할 준비나 하십시오."

*　　　　*　　　　*

광개토대제의 유료 시사회는 초청권을 정확하게 100장만 만들어서 뿌렸기 때문에 언론과 영화 관계자, 심지어 배우들까지 입이 댓 발이나 나왔다.

DR미디어의 콧대가 하늘을 찌른다며 불평이 터져 나왔지만 주형길은 콧구멍을 쑤시며 전혀 개의치 않았다.

그는 홍보팀장이 들어와 그런 사실을 말하자 그저 피식 웃었을 뿐이었다.

"돈 많이 들어간 영화를 공짜로 보려고 하면 쓰나. 나중에 개봉하면 그때 돈 내고 보면 되잖아."

"평론가 놈들이 씹을지도 모릅니다. 원래 그놈들은 공짜를 좋아하는 놈들이라서요."

"괜찮아, 실컷 씹으라고 해. 영화는 관객이 평가하는 것이지 그놈들이 하는 게 아냐. 좆도 아닌 놈들이 맨날 트집이나 잡아서 평점을 깎는 걸 보면 속이 뒤집어졌는데 이번 기회에 엿 한번 확실하게 먹이자고."

"사장님 생각 아니시죠?"

"어떻게 알았어?"

"제가 사장님 모신 지 20년이 넘었습니다. 사업 쪽으로 철저하신 사장님이 이런 모험을 할 리가 없잖습니까?"

"크크크… 그래, 맞아. 나는 절대 그렇게 안 하지."

"누구 생각입니까?"

"김동혁."

"김 감독이 왜요?"

"영화계도 바뀔 필요가 있다고 하더라. 언론하고 평론가들한테 맨날 끌려다녀서는 영화계가 발전할 수 없다네. 그래서 그러라고 했다. 그 친구 말대로 하면 리스크가 조금 생기겠지만 김동혁이잖아. 난 그 친구 말이라면 꼼짝도 못 하거든."

"어련하시겠습니까?"

"그래, 어때?"

"다섯 개 극장 전부 난리가 났습니다. 아침부터 장사진을 쳐서 영화관이 아우성이에요. 줄이 아침 9시에 100m나 섰다는데 지금은 더할 겁니다."

"푸하하하… 그럴 줄 알았다."

"제 감각이지만 이건 히어로를 훨씬 뛰어넘을 것 같습니다. 잘하면 신기록을 세울지도 모르겠습니다."

"모르는 게 아니라 분명히 다시 쓸 거다. 광개토대제는 벤허와 맞먹는 작품이거든."

*   *   *

박성우가 시간에 맞춰 멀티플렉스 영화관에 도착하자 재무부장이 활짝 웃는 얼굴로 그를 향해 다가왔다.

"형수님, 점점 예뻐지시는 것 같아요."

재무부장은 박성우 옆에서 예쁘게 차려입고 나온 김미라를 향해 사정없이 아부를 했다.

그러자 김미라가 풀썩 웃으며 눈꼬리를 치켜 올렸다.

"하여간 부장님은 못 말리겠어요. 다 늙은 할머니한테 그게 할 소리예요?"

"무슨 말씀을… 형수님은 아직 처녀 같아요. 와우, 피부 좀 봐. 백옥 같잖아요."

"호호호, 제 피부가 곱긴 하죠."

김미라가 재무부장의 아부에 반응하며 깔깔 웃자 박성우가 슬그머니 나섰다.

"왜 자네가 직접 왔어?"

"원래 마지막 순간은 오른팔이 하는 겁니다. 여기 영화표 받으십시오."

"허어, 정말 구했구만. 도대체 이걸 어떻게 구한 거냐?"

"제가 직원들한테 좋은 데서 술사겠다고 약속했습니다."

"그럼 애들 동원했단 말이야? 이 사람아, 개인적인 일에 직원들을 동원하면 어떡해!"

"사무 외출 달았기 때문에 아무런 문제 없습니다. 번갈아가면서 줄을 서서 힘들지도 않았고요. 제 월급이 빤해서 술값은 못 냅니다. 처장님이 나중에 카드 주시면 직원들 코가 삐뚤어지도록 술 사줄 거니까 미안해하시지 않아도 됩니다."

"도대체… 자네……."

"전 이제 사무실에 들어가 봐야 되겠습니다. 형수님, 즐거운 시간 보내십시오."

재무부장은 더 이상 지체하지 않고 인사를 한 후 총알처럼 사라졌다.

들어오면서 봤지만 영화관 주변은 표를 구하지 못한 사람들이 구름처럼 몰려 있었는데 표를 내놓으라고 아우성을 치는 중이었다.

영화표를 안주머니에 고이 모셔놓고 박성우는 김미라와 함께 커피 전문점으로 내려갔다.

아직 시간이 30분이나 남아 있었기 때문에 한참 동안 기다려야 했다.

커피 전문점도 사람들로 바글거렸다.

간신히 줄을 서서 커피를 받아 들고 구석에 남아 있는 자리로 갔을 때는 10분이 훌쩍 지나 있었다.

"난 이런 거 처음이야. 사람들이 영화 보려고 이렇게나 많이 오는 게 어디 있어?"

"전부 우리 같은 사람들인가 봐."

"이러다가 실망하면 어쩌지?"

"무슨 소리야?"

"엄청 기대했는데 실망한 영화들 많았잖아."

"하긴, 기대가 크면 실망도 큰 법이지. 그나저나 당신 덕분에 돈 엄청 나가게 생겼다."

"왜?"

"아까 못 들었어? 카드 내놓으라고 하는 거?"

"직원들 고생했으니까 당신 오랜만에 쏴라. 그런 건 쏴도 돼."

"돈 줄 거야?"

"내가?"

"그럼 그 돈은 어디서 나."

"이 양반이, 어디서 마나님 주머니를 넘봐? 난 돈 없어."

"어이구, 내 팔자야."

"얼른 커피나 마시세요. 시간 다 돼가요."

재무부장이 그렇게 고생을 했는데도 그들의 자리는 맨 앞
자리였다.

불평을 터뜨릴 수는 없었다.

밖에서 기다리다 돌아가는 수많은 사람의 모습을 보면서
재무부장과 직원들이 얼마나 고생했을지 충분히 짐작 갔기
때문이다.

상영 시간이 다가오자 점점 가슴이 떨려왔다.

예고편에서 봤던 그 전율과 감동을 본격적으로 느낄 수 있
다고 생각하자 시간이 하염없이 더디게 흐른다는 생각이 들었
다.

드디어 영화를 시작하기 위해 불이 꺼지자 실내가 정적에
사로잡혔다.

웅성거리며 떠들던 사람들은 불이 꺼지면서 숨소리를 내는 것조차 중단해 버린 것 같았다.

지금 이 나이가 되도록 수많은 영화를 봤다.

숫자로 따지지 못할 정도로 많은 영화를 봤고 어떤 영화는 감동에 젖어 몇 번씩 다시 본 영화도 있었다.

그런 박성우였으나 영화가 시작되면서부터 마치 귀신에 홀린 사람처럼 스크린에서 눈을 떼지 못했다.

가슴을 진동시키는 흑색 철갑 기마 군단의 질주.

도대체 저런 스케일의 영화를 어떻게 만들 수 있었을까.

끝없이 펼쳐진 초원을 가득 채운 고구려의 삼족오 철갑 기마 군단은 적들의 진형을 종횡으로 뚫고 나가며 무풍지경으로 내달렸다.

웅장한 말발굽 소리, 그리고 전사들의 피 끓는 싸움.

고구려의 영광을 위해 죽음을 두려워하지 않는 용기가 화면을 가득 채우고 있었다.

그리고 그 전면에는 언제나 강도영이 섰다.

사실이 아니라는 걸 알면서도 가슴의 두근거림은 멈추지 않았다.

적장과 일기투를 벌이기 위해 나서는 광개토대제의 모습이 나오자 입안에서 저절로 침이 말라갔다.

긴장했다는 뜻이다.

예고편에서 나왔던 그 장면.

결과가 궁금해서 마누라와 한참 동안 이야기를 나눴던 광개토대제의 일기투 장면이 펼쳐지자 김미라가 슬그머니 손을 잡아왔다.

너무 긴장해서 남편의 손을 잡지 않으면 견디기 힘들었던 모양이다.

정말 대단한 액션 신이 스크린을 가득 채우고 있었다.

어떤 기법을 썼는지 자세히 알지 못했지만 두 사람의 결투는 근접 촬영을 통해 마치 눈앞에서 싸우고 있는 것처럼 생생하게 전달되었다.

한 장면 한 장면이 모두 그냥 지나칠 수 없을 만큼 소중했다.

이상하게 생긴 병사가 나와 웃음을 주는 장면부터 광개토대제를 구하기 위해 초개처럼 목숨을 버리는 장군들의 모습과 문정혜의 용맹함 속에 숨겨져 있는 아름다움까지.

더디게 흘러가던 시간은 영화가 시작된 후 끔찍하게 느껴질 만큼 빠르게 흘렀다.

수없이 많은 탄성과 놀람, 웃음이 만들어질 때마다 박성우는 시간이 흐르지 않기를 간절히 바랐다.

하지만 어느새 스크린에서는 마지막 장면이 흐르고 있었다.

광개토대제의 죽음.

어느 영화에서나 볼 수 있는 내용이었으나 연출이 달랐고 연기가 달랐다.

강도영의 연기력이 뛰어나다는 걸 이전 영화에서 느끼고 있었지만 광개토대제에서 그의 연기는 신들린 사람처럼 여겨질 정도였다.

마지막에 떨어뜨린 한 줄기 눈물을 보면서 가슴 끝이 찡해지는 안타까움과 슬픔이 느껴졌다.

저렇게 갔구나.

우리의 위대한 영웅이…….

영화가 끝나자 한동안 움직이지 못하던 관객들이 하나둘씩 일어나더니 박수를 치기 시작했다.

말로만 듣던 기립 박수다.

그렇게 많은 영화를 봤지만 관중들이 스스로 일어나 기립 박수를 치는 걸 본 것은 이번이 처음이었다.

그도 김미라와 자리에서 일어나 박수를 쳤다.

이런 영화에 박수를 치지 않는다면 그 어떤 영화에 박수를 쳐준단 말인가.

불이 밝혀진 후 앞문이 열리면서 사람들이 들어온 것은 박수 소리가 거의 그쳐갈 무렵이었다.

관객들의 입에서 환호와 함성이 터져 나온 것은 무대 앞에 선 사람들의 모습을 확인하고 난 후였다.

"와아, 강도영이다!"

자리에서 일어나 퇴장하려던 사람들이 부랴부랴 자신의 자리로 되돌아가며 무대 인사를 위해 들어온 배우들을 보느라 정신이 없었다.

무대에는 강도영과 유혁, 그리고 문정혜까지 광개토대제의 주연들이 밝은 얼굴로 들어와 인사를 하고 있었다.

전혀 예상치 못했던 무대 인사였기 때문에 관객들의 환호성은 더욱 클 수밖에 없었다.

"여보, 정말 강도영이야. 강도영이라고……"

김미라는 가운데 선 강도영을 바라보며 넋을 놓은 채 마구 중얼거렸다.

강도영을 본 순간 그녀는 열아홉 소녀로 되돌아간 모습이었다.

그 모습을 보면서 박성우는 웃음을 멈추지 못했다.

결혼한 지 벌써 29년.

오랜 세월을 함께하면서 그녀가 남자에게 이런 관심을 갖는 건 처음 본다.

스타란 존재는 이런 것인 모양이었다.

이제 조금 있으면 환갑을 바라보는 그녀에게 이런 설렘을 줄 수 있다는 건 스타가 가지고 있는 특권임이 분명했다.

기뻤다.

집사람의 생일에 더없이 큰 선물을 준 것 같아 정신없이 강도영을 바라보는 김미라를 보면서 박성우는 손수건을 꺼내 들었다.

자신의 손수건은 김미라가 생일 선물로 사 준 건데 흰색에 빨간 장미가 그려진 명품으로 가격이 30만 원을 훌쩍 넘는 고가품이었다.

배우들이 무대 인사를 마치고 앞문을 통해 빠져나가는 걸 본 박성우가 손수건을 들고 총알처럼 뛰어나갔다.

그런 남편의 모습에 당황한 김미라가 뭐라고 소리를 쳤지만 박성우는 강도영만 바라본 채 뒤를 돌아보지 않고 달렸다.

"강도영 씨!"

소리를 버럭 지르자 경호원들이 그를 가로막았지만 강도영을 불러 세우는 데는 성공했다.

박성우는 경호원들의 제지 속에서도 멈춘 강도영을 향해 소리를 질렀다.

"강도영 씨, 오늘이 제 집사람 생일입니다! 집사람은 당신을 엄청 좋아하고 있어요. 이 손수건에 사인을 해주시면 집사람은 이번 생일을 영원히 기억할 겁니다. 부탁드립니다!"

광개토대제의 유료 시사회가 있었던 날.

인터넷은 줄을 섰다가 못 보고 돌아온 사람들로 인해 한바탕 난리가 났다.

괜한 헛걸음을 한 것에 대한 울분과 이런 유료 시사회를 계획한 영화사에 대한 불만이 폭발했던 것이다.

하지만 그런 불평불만이 사그라지기 시작한 것은 유료 시사회를 보고 온 사람들의 관람평이 영화 사이트에 봇물처럼 터지고 난 다음부터였다.

―전율의 130분, 나는 영화를 보는 내내 한순간도 움직일 수 없었다.

―고맙습니다, 사랑합니다. 죽기 전 이런 영화를 볼 수 있게 해줘서.

―강도영의 화려한 귀환, 그리고 김동혁 감독의 필생 역작. 무서울 정도의 집중, 그리고 스케일. 영화를 보는 내내 벅차올랐던 감동.

―봐라, 무조건 봐라. 보고 난 다음에 말하자.

―어떤 영화도 광개토대제와 비교할 수 없다. 내가 10번 넘게 봤던 벤허도 글래디에이터도 광개토대제의 감동을 따라올 수 없다.

유료 시사회를 본 사람들의 숫자는 많아봐야 1,300명에 불과했는데 영화 사이트에 올라온 감상 후기가 무려 50편이 넘었다.

그만큼 남들보다 먼저 영화를 볼 수 있었던 감동을 남기고 싶다는 열망이 강했다는 뜻이었다.

인터넷 유저들은 인터넷에 올라온 감상평을 보면서 부러움을 숨기지 않았다.

그러면서도 궁금증을 참지 못하고 또다시 영화사를 욕하는 사람들이 나타나기 시작했다.

이왕 영화가 완성되었다면 유료 시사회란 의미 없는 격식 없이 곧 바로 상영했어야 되었다는 게 그들의 주장이었다.

더욱 재밌는 일은 블로그에 광개토대제의 영화 내용을 스포했던 블로거가 엄청난 댓글 테러에 시달렸다는 것이다.

—야, 씨***. 죽고 싶어. 누가 너한테 영화 내용 스포하랬냐. 아이고, 몰상식한 놈!

—저… 저. 그게 그렇게 자랑하고 싶었니. 아우… 성질 나.

—악, 괜히 봤어. 이봐요, 당신 미쳤어요?

불과 3시간 만에 500여 개의 댓글이 달리면서 영화 내용을 올렸던 블로거는 반병신이 되고 말았다.

익명에게 욕먹는 것도 엄청난 스트레스를 받는다는 걸 블로거는 감상평을 삭제하면서 몸으로 보여주었는데 그는 정중하게 블로그에 자신의 실수를 사과하는 글을 남길 수밖에 없었을 정도로 엄청난 테러에 시달렸다.

*   *   *

"난리가 아니야. 이것 봐라, 언론에서 극찬을 했어."

"정말 잘 만들었나 봐. 강도영이 엄청 연기를 잘했대."

박수미가 휴대폰으로 광개토대제에 대한 기사를 보면서 말을 하자 조미영이 금방 대꾸를 해왔다.

그러자 박세영이 둘 사이로 총알같이 끼어들었다.

"그 사람은 무슨 역을 맡아도 잘했을 거야."

"당연하지, 기사를 보니까 연극부터 시작했기 때문에 연기력이 탄탄한 거라고 했어."

"연기가 문제겠니. 그런 얼굴은 연기 못해도 잘해 보여. 막 빛이 뿜어지는데 아우……."

박세영의 얼굴에서 예전에 강도영을 만났던 기억이 새록새록 샘솟는 것 같았다.

로또를 맞았던 기억.

박수미의 생일날 노래를 듣고 무작정 내려갔던 곳에서 강도영을 만났던 그녀들은 그날 천국에 다녀온 경험을 했다.

강도영의 부탁으로 그가 그곳에 산다는 이야기를 누구에게도 하지 않았다.

맥주까지 내오면서 부탁하던 그의 얼굴을 봤다면 어떤 여자도 입을 함부로 놀리지 못했을 것이다.

그러나 그날 이후 그는 바람처럼 사라져서 다시는 돌아오지 않았다.

어떻게 알았는지 수많은 기자와 팬들이 빌라 앞에 장사진을 쳤기 때문인데 그녀들은 그것이 자신들의 잘못인 양 한동안 괴로움 속에서 지내야 했다.

손을 들어 머리를 움켜지는 박세영의 모습을 보면서 박수미가 입을 삐죽였다.

가장 큰 피해자는 강도영과 아래위 집에 살았던 그녀였다.

"니들 정말 아무 소리도 안 했지?"

"신한테 맹세해. 난 정말 누구한테도 말 안 했어."

"나도."

"이것들을 믿을 수가 있어야지. 그나저나 그때 팬티에다 사인이라도 받아놓는 건데, 평생 동안 간직하게. 아우, 아까워."

"미친년, 왜 하필 팬티냐?"

"늙어 죽을 때까지 그거 보면서 황홀하게 살고 싶어서 그런다."

"그럼 난 브라!"

박세영의 질문에 박수미가 뻔뻔하게 대답을 하자 옆에 있던 조미영이 대뜸 나서며 거들었다.

그 모습에 박세영이 어이없다는 표정으로 헛웃음을 지었다.

만약 이런 대화를 다른 남자들이 들었다면 아마 기절했을 것이다.

"그나저나 어떡할 거야?"

"뭘 어떡해, 무조건 개봉일에 봐야지."

"수미, 네가 예매해. 회비로 결제하고."

"알았어, 그럼 내가 예매해 놓을 테니까 목요일 날 약속 잡지 마."

"오케이."

친구들과 약속을 하고 돌아온 박수미는 다음 날 회사에 출근하자마자 광개토대제를 예약하기 위해 영화 사이트를 열었다.

친구들은 모두 직장에 다니기 때문에 7시에서 8시 사이가 가장 적당했고 좌석은 중간 정도로 예약할 생각이었다.

월요일에 출근하자마자 영화 사이트를 연 것은 거대한 사명을 맡았기에 약속을 확실하게 지키기 위함이었다.

영화는 보통 4일 전부터 예약을 하기 때문에 충분히 여유가 있었다.

하지만 그녀의 여유는 뜻밖의 암초에 걸려 허둥대기 시작했다.

영화 사이트를 열고 그녀가 예약하려던 시간을 클릭하자 매진이란 글씨가 떴기 때문이다.

부랴부랴 이전 타임과 다음 타임도 눌러봤으나 빨간색으로 매진을 알리는 글씨가 반짝거리며 빛나고 있었다.

기가 막혀 다른 시간들도 계속해서 눌렀으나 결과는 마찬가지였다.

도대체 이게 무슨 말도 안 되는 일일까.

심지어 개봉 당일의 모든 시간은 조조를 포함해서 모두 매진이 되어 있었다.

어이가 없기도 하고 답답하기도 해서 그녀는 다른 장소에 있는 상영관을 모두 뒤졌으나 결과는 마찬가지였다.

불과 이틀 전에 큰소리를 뻥뻥 쳐가면서 무조건 예매해 놓을 테니 약속 잡지 말라고 떠들었는데 막상 이런 일이 발생하자 황당함을 감출 수 없었다.

박수미가 급하게 휴대폰을 꺼내 든 것은 약속을 다시 잡기 위함이었다.

"미영이니, 나야."

―아침부터 웬일이야?

"큰일 났다. 영화표 못 끊었어."

―농담하지 말고. 목요일은 아직도 4일이나 남았는데 웬 봉창 두드리는 소릴 하고 있어?

"이년아, 전부 매진됐다니까!"

―너… 그거 정말이야?

"내가 아침부터 미쳤다고 너한테 농담 따먹기 하겠니? 오늘 아침에 출근하자마자 들어가 봤는데 완전 매진이야. 심지어 조조까지 매진됐더라니까."

―헐!

"아무래도 우리 영화 보는 건 금요일 날 해야 될 것 같아."

―알았어. 내가 세영이한테 전화할게.

"땡큐."

박수미는 퇴근한 후 저녁을 먹고 텔레비전을 보다가 인터넷도 하면서 시간을 보냈다.

그녀는 보통 11시면 잠자리에 들었으나 오늘은 무슨 일이 있어도 12시까지 버텨야 했다.

오후에 본 뉴스에서 그녀는 깜짝 놀랄 만한 기사를 봤다.

광개토대제의 개봉일 예매가 서울, 경기 지역에서 불과 3시간 만에 완전 매진되었다는 기사였다.

그 기사를 보고 헛웃음이 나왔다.

고등학생과 여대생들이 죽고 못 산다는 최고의 아이돌 그룹 '피닉스'의 단발 콘서트라면 이해가 가지만 상영 시간만 하루에 15회 이상이고 영화관 숫자만 해도 서울, 경기 지역을 합하면 천 개 정도나 되는데 3시간 만에 완전 매진된다는 게 믿겨지지 않았다.

물론 어느 정도 이해가 갔다.

광개토대제를 기다리던 사람들이 부지기수였으니 개봉일 당일의 예약 사건은 있을 수도 있는 일이었을 것이다.

영화는 시간이 지날수록 관객수가 급격히 떨어진다.

대부분의 영화가 한 달을 못 견디고 간판을 내리는데 천만을 통과하는 영화들도 길어야 세 달이 전부였다.

그런 특성으로 봤을 때 개봉일 다음은 매진 행렬이 중단될 가능성이 컸다.

그러나 박수미는 긴장을 풀지 못했다.

개봉일이기 때문에 발생한 현상일 수도 있지만 긴장을 풀었다가 금요일도 예매를 하지 못하면 친구들을 볼 면목이 없기 때문이다.

시간이 점점 흘러 11시가 넘어가자 박수미는 밀려오는 졸음을 떨치기 위해 애를 썼다.

신체 리듬은 정말 정교한 시계보다 더 정확하게 그녀를 자꾸 수면의 세계로 이끌고 있었다.

자리에서 일어나 왔다 갔다 했고 물도 마셔봤지만 눈을 번쩍 떴을 때는 이미 시곗바늘이 3시를 가리키고 있었다.

미친년처럼 휴대폰에 깔려 있는 영화 사이트를 열었다.

마음이 급했기 때문인지 어플이 쉽게 열리지 않고 버벅거리자 속이 바짝바짝 타들어갔다.

결국 그녀는 어플을 켜놓은 채 부랴부랴 컴퓨터를 열었다.

컴퓨터의 부팅이 끝나고 윈도우가 시작되자마자 바탕 화면에 깔려 있는 영화 사이트를 열었지만 이놈도 마찬가지로 휴대폰처럼 부들부들 떨면서 사이트가 움직이지 않았다.

미치고 펄쩍 뛸 노릇.

사이트 관계자가 옆에 있었다면 도대체 이게 무슨 일이냐고 소리를 바락바락 지르고 싶은 심정이었으나 영화 사이트는 그녀를 약 올리기나 하는 듯 꼼짝을 하지 않고 있었다.

*　　　　　*　　　　　*

"이런 시베리안 허스키!"

아침에 출근한 김영식이 커피를 마시며 연신 투덜거리는 걸보면서 배근조가 조심스럽게 다가왔다.

그들은 자동차 부품을 생산하는 회사의 관리직 과장들인

데 같은 사무실에서 3년이 넘도록 근무했기 때문에 꽤 친한 사이였다.

"왜 그래, 아침부터 부장한테 깨진 거야?"

"부장은 출근도 안 했는데 깨지긴 누가 깨져. 넌 내가 맨날 깨지는 놈으로 보이냐?"

"그럼 뭔데?"

"아우, 씨발. 말도 하지 마."

김영식이 화가 잔뜩 난 표정으로 신경질을 내면서 담배를 꺼내 물자 배근조가 천천히 그의 얼굴을 살폈다.

회사 생활을 하다 보면 지랄 같은 일이 많이 생긴다. 더군다나 수시로 긴급한 납품 건들이 발생하기 때문에 자신도 모르는 사이에 김영식은 요단강을 건너왔을 수도 있었다.

이럴 때는 잠자코 들어주는 게 최고의 방법이란 걸 잘 알지만 그는 김영식의 얼굴을 확인하고 다시 질문을 할 수밖에 없었다.

"어라, 눈이 시뻘겋네. 어제 술 많이 마셨어?"

"술은 무슨 술. 입에도 안 댔구만."

"야, 너 자꾸 답답하게 만들래? 그럼 뭐냐고!"

"너 광개토대제가 모레 개봉하는 거 알지?"

갑자기 웬 뚱딴지같은 소리.

납품 지연에 대한 감사 건이나 아니면 징계에 관련된 것이 아닐까란 걱정을 하던 배근조는 김영식이 갑자기 영화 이야기를 꺼내자 황당한 표정을 지었다.

"그래서?"

"내가 개봉되자마자 보려고 엄청 기다렸는데 글쎄 그게 3시간 만에 완전 매진되었다잖아. 그래서 어제 꼬박 날 샜다는 거 아니냐."

"왜?"

"왜긴 왜야. 예약하려고 기다린 거지."

"이런 미친놈을 봤나. 그깟 영화 보려고 날밤을 깠단 말이야?"

"그깟 영화라니. 광개토대제라니까!"

"너 맨스하냐? 왜 신경질을 부려?"

"열 받으니까 그렇지. 씨발, 날밤을 깠는데도 표를 못 구했단 말이다."

"그건 또 뭔 소리야?"

"사이트가 다운된 건지, 아니면 접속한 놈이 많았던 건지. 새벽 5시가 넘어서야 빌빌거리고 열리더라니까. 그런데 후다닥 들어가 보니까 벌써 예약이 끝났더라고."

"커헉… 그럼 사람들이 전부 날밤 까면서 예약했다는 거냐?"

"그렇다니까!"

"미쳤군, 완전히 미쳤어. 나중에 보면 되지 그게 웬 삽질들이냐. 정말 이상한 놈들 천지네."

"넌 이 자식아, 영화를 몰라서 그래. 내가 그 영화를 보려고 얼마나 애타게 기다렸는데 그런 소릴 하고 있어, 이 건조한 놈아."

"지랄하고 있네."

"아우, 졸려. 밤새 승질을 부렸더니 힘이 다 없다. 아… 열받아. 그나저나 오늘은 꼭 끊어야 할 텐데 걱정이네."

        *   *   *

광개토대제는 개봉 전부터 엄청난 화제를 뿌리며 각종 언론을 뜨겁게 달궜다.

개봉 4일 전부터 예약 사이트가 몰려든 사람들로 인해 다운되는 사태는 기본적이었고 예매를 위해 밤을 꼬박 샜다는 뉴스는 양념에 불과했다.

사람들을 깜짝 놀라게 만드는 뉴스가 터진 것은 개봉 전날이었다.

해외 판권 마케팅 시장에서 광개토대제의 해외 판매가 1억 5,000만 달러를 넘어섰다는 소식이었다.

미국이 6,000만 달러에 사들였고 일본과 중국이 합해서

6,000만 달러, 기타 국가에서 3,000만 달러였다.

일본과 중국, 그리고 동남아시아 쪽에서는 강도영이 출연한 신비한 남자가 선풍적인 인기를 끌고 있었기 때문에 어느 정도 이해가 갔지만 미국이 단독으로 6,000만 달러란 거액을 베팅한 것은 전혀 상상하지 못했던 일이었다.

할리우드 쪽에서는 한국 영화에 대한 선입감이 워낙 좋지 않기 때문에 이런 거액을 베팅한 것은 지금까지 한 번도 없는 일이었다.

영화인들은 광개토대제의 판권 판매 실적을 보면서 기적이란 표현을 썼다.

우리나라 돈으로 2,000억 가까운 돈을 순식간에 벌어들였으니 영화 한 편으로 벌어들인 돈으로서는 천문학적이란 표현이 어울릴 정도였다.

더군다나 아직 대한민국에서는 개봉도 하기 전에 4일 연속 전 좌석 매진이라는 신화를 쓰고 있었다.

이 기록은 1,700만 관객을 동원한 '불의 전차'도 해내지 못한 것이었다.

광개토대제.

지금 현재, 대한민국에서는 광개토대제로 인해 도저히 상상조차 할 수 없는 일들이 도처에서 벌어지고 있었다.

광풍. 그래, 광풍이란 표현이 맞다.

광개토대제가 개봉을 시작하자 전 극장가가 몸살을 앓기 시작했다.

미리 언론에서 모든 상영관이 매진되었다는 뉴스가 흘러 나갔지만 현장 판매가 있을지 모른다는 기대감을 가진 사람들까지 몰려들어 극장은 인산인해를 이루었다.

개봉이 되기 전 이미 일요일까지 전 좌석 매진을 기록했던 광개토대제의 맹위는 막상 개봉이 되자 태풍이 되어 몰아치기 시작했다.

5일차 되는 날, 월요일임에도 조조 몇 좌석만 남았을 뿐 오후에는 매진 행렬이 이어졌고 그런 기세는 일주일이 지날 때까지 계속 이어져 개봉 첫 주 동안 무려 450만을 기록하는 괴력을 보였다.

문제는 2주째도 광개토대제의 좌석 점유율이 91%를 차지하면서 연신 매진 행렬을 이어나갔다는 것이었다.

유료 시사회가 끝나고 언론과 관객들을 통해 소개되었던 감상평은 영화가 본격적으로 상영되면서 인터넷을 완전 장악하고 말았다.

사람들의 감상평은 끝없이 올라왔는데 거의 대부분이 극찬 일색이었다.

―나, 말리지 마. 반드시 다시 본다. 이런 영화는 한 세 번쯤 봐 줘야 해.

―며칠 밤 잠 못 자고 클릭한 보람이 있다. 야호, 만세!

―광개토대제의 삶, 우리의 영웅. 이런 영웅을 만나게 해준 김 동혁 감독에게 진심으로 고개 숙여 고마움을 표합니다.

―지상 최강의 전사들. 이런 전사들이 지금 우리나라에 가득 있 었다면 얼마나 좋을까.

―연기력 최고, 연출 최고. 사랑합니다.

댓글들의 내용에는 강도영에 관한 글들이 가장 많았으나 김동혁 감독에 관한 글들도 상당수가 있었는데 이런 영화를 만들어준 것에 대한 감사의 말들이었다.

광개토대제의 관객 평점은 우리나라 역사상 최고인 9.7을 기록했고 평점이 짜기로 정평이 난 전문가들도 8.8이란 점수 를 주었다.

가장 인상 깊었던 것은 대한민국 영화계에서 최고로 쳐준 다는 평론가 김필영이 영화를 보고 나서 눈물을 흘렸다는 것 이었다.

기자들이 물었을 때 그는 자신이 흘린 눈물에 대해서 이런 말을 남겼다.

"나는 세 가지 이유 때문에 눈물을 흘렸습니다. 첫째는 이제 대한민국의 영화가 세계 최고의 수준까지 올라섰다는 자부심 때문에 가슴이 벅찼기 때문이고, 두 번째는 광개토대제란 위대한 영웅의 죽음이 더없이 안타까워 울었습니다. 그리고 마지막은 주변 강대국의 핍박에 아직까지 시달리고 있는 조국의 현실이 너무나 억울했기 때문입니다. 영화에서의 선조들처럼 당당한 대한민국을 만들지 못한 후손으로서의 부끄러움이 저를 슬픔에 빠지게 만들더군요. 저는 이 영화에 대해서 평론을 쓰지 않을 것입니다. 이 영화는 저 같은 사람이 함부로 평가할 수 없는 영화이기 때문입니다."

*　　　　　*　　　　　*

TCN의 9시 뉴스 앵커 하현종은 대본을 읽어보다가 슬그머니 인상을 긁었다.

요즘 들어 정치계는 물론이고 국제 정세와 경제까지 커다란 사건들이 연달아 터지고 있었기 때문에 뉴스거리가 흘러넘쳤는데 뉴스의 말미에 뜬금없이 영화에 관한 포지션이 잡혀 있었던 것이다.

"윤 앵커, 이거 누가 넣은 거야?"

"저도 잘… 제가 왔을 때 추가로 들어와 있었어요."

보조 앵커를 맡고 있는 윤정아가 하현종의 질문을 받고 고개를 갸우뚱했다.

그녀로서도 영문을 모르는 모양이었다.

데스크에 앉아서 대본을 검토하던 하현종이 천천히 일어나 카메라 쪽으로 움직인 것은 문을 통해 막 보도국장이 들어오는 걸 봤기 때문이다.

"국장님이 웬일이세요?"

"웬일은, 오랜만에 뉴스하는 거 보러 왔지."

"별일이십니다. 생전 안 나오시던 분이 갑자기 나오니까 몸이 살살 떨리는데요?"

"왜, 캥기는 거라도 있어?"

"국장님 얼굴 보는 것 자체가 공포잖아요. 그런데 영화 얘기 국장님이 넣으신 겁니까?"

"응."

하현종이 얼굴을 찡그리는 걸 본 보도국장이 능글맞은 웃음을 흘렸다.

그는 하현종의 대학 5년 선배로 보도국을 이끌고 있었는데 불과 3년 전까지 9시 뉴스를 담당했던 사람이었다.

"'응'이라뇨. 9시 뉴스에 연예 뉴스를 넣는 법이 어디 있어요?"

"이 자식아, 뉴스가 별거냐. 화젯거리가 생기면 보도하는 게 당연한 거 아니겠어?"

"연예가 소식을 전하는 프로그램이 별도로 있잖습니까?"

"너 영화 안 좋아하지?"

"전 영화보다 뮤지컬 좋아합니다. 가뭄에 콩 나듯 보는 게 문제지만 말입니다. 워낙 바빠서 문화생활을 할 겨를이 있어야죠."

"장하다, 그러니 제수씨가 매일 사는 게 지겹다고 방방 뜨지."

"허이구, 형수님만 할까요. 그런데 그건 왜 물으시는 건데요?"

"뉴스 앵커라는 놈이 인터넷 좀 보고 살아라. 지금 광개토대제가 국민들에게는 최대 관심사야. 2주 만에 900만에 육박하고 있단 말이다. 이대로라면 신기록 달성은 시간문젠데 그런 소리가 나와? 그래서 넣은 거니까 네가 잘 포장해 봐. 기자가 쓴 거 말고 네가 멘트 하나 넣어서 그럴 듯하게 포장 좀 해보란 말이야."

"멘트를 넣으라뇨?"

"9시 뉴스를 마치며 뉴스 앵커로서 강도영 씨에게 한 가지 부탁을 드립니다. 강도영 씨는 지금 현재 대한민국에서 가장 유명한 스타입니다. 저희 TCN 9시 뉴스는 강도영 씨를 데스크에 모시고 국민들의 궁금증을 풀어보는 시간을 가졌으면 좋겠습니다. 빠른 시간 내에 저희 요청을 받아주셨으면 고맙겠습니다. 어떠냐?"

"그걸 저한테 하라고요?"

"그럼 내가 하리?"

"그런 건 별도로 섭외해서 해야죠. 뉴스에서 일개 배우한테 나와 달라고 사정하는 게 어디 있어요?"

"그놈이 텔레비전에 나오는 걸 죽기보다 더 싫어하니까 그렇지. 오죽하면 내가 이런 소릴 하겠냐."

"싫어요, 못 해요. 그래도 명색이 9시 뉴스 메인 앵커가 전 국민이 보는 앞에서 영화배우한테 사정하란 말입니까. 국장님이 하세요. 전 죽어도 못 하니까요."

"마음대로 해. 안 하면 자리 빼지, 뭐."

"형님, 도대체 저한테 왜 그러세요!"

　　　　　*　　　　　　*　　　　　　*

강도영은 물밀듯 밀려드는 기자들의 방문을 받았지만 한 번도 거부하지 않고 인터뷰에 응했다.

거의 대동소이한 내용의 질문이었으나 강도영은 기자들에게 인상 한 번 찡그리지 않고 성심성의껏 질문에 응했다.

공영 방송의 연예계 프로그램은 물론이고 영화 관련 전문 잡지와 각종 신문까지 인터뷰를 한 횟수가 2주 동안 30개도 넘을 정도였다.

하지만 각종 연예 프로그램의 출연 요청은 칼같이 거절했다.

출연만 해준다면 출연료로 1억을 주겠다는 프로그램들이 줄을 섰지만 강도영은 단박에 고개를 흔들며 그들의 요청을 거부했다.

광고 출연 요청이 쇄도하기 시작한 것은 광개토대제가 연일 매진 행렬을 이어가던 지난주 일요일부터였다.

그동안 SQ맥주에서 20억이란 개런티를 받았다는 것이 알려진 후 주춤거리던 광고계는 광개토대제가 대박을 터뜨리자 미적거리던 것을 멈추고 적극적으로 계약을 하자며 덤벼들었다.

신사복과 화장품, 그리고 휴대폰 광고까지 일사천리로 계약이 된 것은 그만큼 광고계 쪽에서 적극적으로 움직였기 때문이다.

3개의 광고에서 계약한 금액은 모두 합해 70억 원이었는데 이승환이 끝까지 버티면서 끌어 올린 결과였다.

강도영이 사무실로 들어서자 이승환이 자리에서 벌떡 일어났다.

그에게 강도영이란 존재는 황금 알을 낳는 거위나 다름없으니 그는 사장이라는 지위를 내려놓은 지 오래였다.

"그렇지 않아도 내가 할 말이 있어서 막 전화하려던 참이었는데 너도 양반 되기는 글렀다."

"무슨 일 있으세요?"

"내가 전할 말은 나중에 하고 네가 온 이유부터 말해봐. 그게 더 궁금하니까."

"사장님한테 부탁드릴 게 있어서 왔어요."

"나한테 부탁을… 뭔데?"

부탁이란 소릴 들었음에도 이승환은 무엇이든 들어주겠다는 표정을 지으며 활짝 웃었다.

목숨을 달라는 것 빼고는 다해줄 생각이었다.

다른 사람도 아니고 강도영의 부탁이라면 어떤 것이라도 해줄 의향이 있었다.

이제 계약 기간이 1년 정도밖에 남지 않았기 때문에 지금은 강도영에게 간이라도 빼줘야 할 상황이었다.

"우리 부모님께서 한 번도 외국 여행을 다녀오지 못하셨어요. 그래서 이번 기회에 유럽 여행을 보내 드리고 싶습니다."

"여행?"

"예, 프랑스하고 이태리 같은 데로 보내 드리고 싶은데 사장님이 알아봐 주시면 안 될까요?"

"예정은?"

"다음 주 금요일이 부모님 결혼기념일이세요."

"오케이, 내가 준비해 놓지. 제일 비싸고 좋은 패키지로 준비해 놓을 테니까 걱정하지 마라. 아마, 내일쯤이면 될 거다."

"비용 나오면 알려주세요. 통장으로 보내 드릴게요."

"인마, 시끄러워. 이번 여행은 내가 부모님께 드리는 선물로 하자. 그렇지 않아도 뭔가 선물 하나 해드리고 싶었는데 잘됐다."

"그러지 않으셔도 됩니다."

"내 성의니까 그냥 받아. 나도 사장으로서 할 일은 하고 살아야 될 거 아니냐. 너 때문에 회사도 돈 많이 벌었으니 이 기회에 화끈하게 쏘마."

"알겠습니다. 그럼 고맙게 받겠습니다."

"그래, 그리고 혹시 어제 뉴스 봤어?"

"보진 못하고 듣기는 했어요. 그것 때문에 인터넷이 난리더군요."

"내 생각에는 나가는 게 좋을 것 같다. 이건 다른 연예 프로그램들과 다르잖아. 앵커가 뉴스 도중에 나와달라고 부탁한 것은 대한민국 역사상 처음 있는 일이다."

맞는 말이다.

9시 뉴스에 연예인이 나온 다는 건 극히 드문 일이었는데 메인 앵커가 직접 요청을 했다는 건 배우로서 영광스러운 일임이 분명했다.

그랬기에 강도영은 한동안 고민을 하다가 힘차게 고개를 끄

덕였다.

"좋습니다. 그렇다면 나가죠. 일정 잡아주세요."

                    *   *   *

강도영은 서현탁을 통해 받은 여행 티켓을 들고 본가로 들어섰다.

기자들이 항상 진을 치고 있기 때문에 본가로 들어선 것은 기자들이 대부분 돌아간 밤 10시가 훌쩍 넘었을 때였다.

강도영이 문을 열고 들어서자 강우성이 반색을 하며 달려나왔다.

동생은 요즘 한창 취직 준비에 바빴기 때문에 얼굴 보기가 힘들었는데 웬일인지 오늘은 집에 있었던 모양이었다.

"형, 요즘 뜸하더니 어쩐 일이야?"

"응, 엄마한테 줄 게 있어서 왔어."

"뭔데?"

"그건 들어가서 이야기하자. 어떠냐, 취직 공부는 잘돼가?"

"그렇지, 뭐. 하지만 어디든 걱정 없어. 형도 알다시피 나 열심히 공부했잖아."

"하하하… 자신감이 있어서 보기 좋다. 역시 내 동생이야."

강도영이 동생의 어깨를 팔로 감싸고 거실로 들어서자 정영숙이 종종걸음으로 걸어 나오는 게 보였다.

"아이고, 우리 장한 아들 왔네. 요즘 바빴지?"

"그러네요. 영화가 성공하니까 무척 바빠서 못 왔어요. 죄송해요."

"죄송은 무슨. 바쁘면 당연히 못 오는 거지. 여보, 도영이 왔어요."

정영숙이 두 아들을 끌고 들어서자 거실 바닥에 앉아 무언가를 하던 강성두가 급하게 들고 있던 것을 치우며 소파로 올라갔다.

그의 손에는 아직도 신문 조각이 들려 있었는데 강도영의 얼굴이 담긴 것이었다.

한눈에 봐도 알 수 있었다.

강성두는 강도영이 영화배우가 되어 언론에 나올 때마다 정성스레 스크랩을 해왔는데 이번에도 밤늦게까지 그 일을 하고 있었던 모양이다.

계면쩍었던 것일까.

강도영을 바라보는 강성두의 얼굴에서 어색함이 잔뜩 들어 있었다.

"왔니?"

"아버지, 뭐 하고 계셨어요?"

"뭐 하긴, 그냥… 그런데 늦은 시간에 웬일로 왔어. 요새 바빴을 텐데 쉬지 않고."

"드릴 게 있어서 왔어요. 엄마도 여기 앉아봐요."

강도영이 정영숙의 손을 잡아서 강성두의 옆에 앉혔다.

그런 후 들고 있던 여행 티켓을 조심스레 앞으로 내밀었다.

"이게 뭐니?"

"여행 티켓이에요. 서유럽 가는."

"여행 티켓이라니, 갑자기 그게 무슨 소리야?"

"다음 주가 결혼기념일이잖아요. 그래서 우리 사장님이 준비하셨어요. 우리 부모님이 한 번도 외국 여행을 못 가보셨다고 했더니 사장님이 잘 됐다면서 선물하신 거예요."

"이 귀한 걸… 고마워서 어쩌누……."

정영숙이 아들이 내민 여행 티켓을 받으며 놀람을 숨기지 못했다.

하지만 그녀의 얼굴에 나타난 것은 기쁨보다 불안감이었다. 그것은 강성두도 마찬가지였는데 그 이유는 금방 나타났다.

"도영아… 우린 외국 여행 한 번도 간 적이 없어서 겁이 나네. 혹시 길 잃어버리면 어떡하니?"

"가이드가 같이 가니까 걱정하지 않아도 돼요. 제일 비싼 걸로 했다니까 가이드가 길 잃어버리지 않게 잘 돌봐줄 거예요."

"그래도……."

불안해하는 부모의 얼굴을 보자 강도영의 마음이 슬그머니

먹먹하게 아파왔다.

육십 평생을 살아오면서 외국 한번 가보지 못한 부모님은 이렇게 여행 티켓을 가져와도 기쁨보다 두려움을 먼저 느끼고 있었다.

모두 아들이 못난 탓이다.

더 젊었을 때 여행을 많이 보내 드렸다면 이런 일을 없었을 텐데 그동안 능력이 되지 않아 보내 드리지 못했던 것이 너무나 후회스러웠다.

강도영의 입이 다시 열린 것은 정숙영이 소중하게 여행 티켓을 지갑에 넣었을 때였다.

"다음 주부터 광고 때문에 일이 바빠져서 공항에는 못 나갈 것 같아요. 대신 회사에 연락해서 모셔다 드리라고 할 테니까 걱정 마시고 여행 준비 잘하세요. 우성아!"

"응?"

"너도 바쁘겠지만 틈틈이 준비하는 거 봐드려라. 형이 해야 되는데 아무래도 어려울 것 같아."

"걱정하지 마. 내가 알아서 잘 준비할게."

"그리고 아버지, 저 다음 주 화요일 TCN 9시 뉴스에 출연해요."

"뉴스에 출연한다고 네가?"

"예, 광개토대제가 다음 주면 천만을 훌쩍 넘을 것 같아요.

그래서 방송국이 저를 초청했어요. 전 국민이 보는 거라서 조금 떨리기는 하지만 좋은 일로 나가는 거니까 꼭 보세요."

"아이고, 장하다. 우리 아들!"

제39장
사랑하는 사람들 I

 SQ맥주의 사장 정철호는 재무이사의 보고를 받으며 연신 웃음을 터뜨렸다.

 설연이 광고에 나왔던 최근 몇 년 동안 피닉스맥주 쪽에 뺏겼던 시장 점유율이 단 두 달 만에 역전되었던 것이다.

 그냥 역전이 아니었다.

 강도영이 광고를 하기 전 피닉스의 시장 점유율은 51%였는데 이제 오히려 SQ맥주가 56%를 차지하고 있었으니 이건 기적이나 다름없는 결과였다.

 강도영에게 무려 20억이란 개런티를 지불하면서 반신반의

하던 정철호는 무섭게 치고 나가는 시장 점유율을 확인한 후 가슴이 뻥 뚫리는 통쾌감을 맛봤다.

그동안 피닉스의 황상준에게 당한 것을 생각하면 잠자다가 벌떡 일어날 만큼 분하고 원통했는데 이제 그 수모를 고스란히 돌려줄 생각을 하자 즐거워죽을 지경이었다.

"사장님, 이대로라면 예전의 매출액 이상을 올릴 것 같습니다."

"강도영과 1년 계약이었지?"

"그렇습니다."

"정말 그놈 대단하군. 그 정도의 파워를 가졌을 줄은 상상도 못 했어."

"최근 2주 동안 우리 맥주의 시장 점유율이 무섭게 치고 올라가는 중입니다. 이대로라면 조만간 시장 점유율이 60%를 훌쩍 넘을 것 같습니다."

"푸하하… 좋군, 좋아."

"광개토대제가 흥행 대박을 터뜨린 후의 시장 점유율만 본다면 거의 67%까지 나오고 있습니다. 영화가 언제까지 롱런할지 모르지만 강도영의 인기가 지속된다면 우리 맥주는 완전히 피닉스를 제압할 수 있을 것으로 예상됩니다."

"비어즈 모임이 이번 주 토요일이지?"

"예, 사장님. 한운CC에서 8시 30분 티업입니다."

재무이사가 기다렸다는 듯 대답하자 활짝 웃고 있던 정철호의 눈이 가늘게 오므려졌다.

비어즈 모임은 반기에 한 번씩 열리는 맥주 사장단의 모임이었다.

모임의 이유는 간단하고도 중요했다.

골프를 치면서 친목을 도모하고 그동안의 국내 시장 분석 결과를 주제로 맥주 가격을 협상하는 회의를 열기 때문에 반드시 참석하는 것이 룰이었다.

여기서 가장 영향력을 발휘하는 건 가장 높은 시장 점유율을 가진 회사의 사장이었다.

시장 점유율이 높은 회사가 가격을 낮추거나 높일 경우 다른 회사의 목숨이 왔다 갔다 하기 때문이었다.

그랬기에 정철호는 그동안 피닉스 사장 황상준의 독주를 바라보면서도 찍소리도 못했다.

"씨발 놈, 그동안 지가 대장처럼 행동한 걸 생각하면 이가 갈려. 어디 보자고, 그 뻔뻔한 낯짝이 어떻게 변했는지."

"시장 점유율이 급락했으니 화가 머리 꼭대기까지 나 있을 겁니다."

"그놈이 설연 그년과 밥 먹었다고 자랑질을 할 때마다 눈알이 다 뒤집히는 줄 알았다. 하지만 오늘은 그 새끼가 돌아버릴 거야. 난 이번에 가면 강도영과 둘이 목욕탕에서 같이 때밀었다고 할 거니까."

*　　　　*　　　　*

강도영이 스튜디오로 들어가자 TCN 9시 뉴스의 스태프들이 작은 목소리로 웅성거리기 시작했다.

시간에 딱 맞춰 왔기 때문에 이미 뉴스는 생방송으로 진행되고 있었으나 스태프들은 강도영의 얼굴을 힐끔거리며 구경하느라 작은 소란이 일어났다.

방송국에 들어왔을 때 보도국장이 직접 마중을 나왔는데 그는 강도영의 얼굴을 보자마자 대뜸 손부터 잡아 왔다.

"와주서서 고맙습니다. 혹시 저희가 너무 무리한 부탁을 한 건 아닌지 걱정했습니다."

"아닙니다. 오히려 제가 영광이죠."

"시간이 촉박해서 차를 대접할 시간도 없겠군요. 조금 일찍 오셨으면 제가 차라도 대접하면서 이런저런 이야기를 나눌 수 있었을 텐데 조금 아쉽네요."

"오다가 차가 막혀서요. 죄송합니다."

당연히 거짓말이다.

미리 와서 기다릴 이유도 없었고 먼저 와서 지루하게 기다리고 싶지 않았다.

그랬기에 정확하게 시간에 맞춰서 온 것이다.

"인터뷰는 5분 정도 예정되어 있습니다. 그 시간 동안 10가지의 질문이 있을 테니까 준비한 대답을 해주면 됩니다."

"알겠습니다."

회사 쪽에서 사전에 질문을 전부 받아냈기 때문에 긴장이 되지는 않았다.

뉴스인 만큼 예능 프로그램처럼 갑자기 이상한 질문을 던지지는 않을 것이기 때문이었다.

직접 뉴스가 방송되는 스튜디오를 보는 건 처음이다.

텔레비전에 나오는 건 두 명의 앵커가 전부였지만 스튜디오에는 거의 30여 명이 뉴스를 진행하느라 몰려 있었다.

앵커들답게 단 한순간도 버벅거리지 않고 매끄럽게 진행했는데 특히 여자 앵커의 목소리는 쟁반에 옥구슬이 굴러가는 것처럼 청량했다.

드디어 시간이 되자 뉴스를 담당하는 피디가 준비를 해달라는 사인을 보내왔다.

"시청자 여러분, 제가 저번 주 뉴스를 진행하면서 강도영 씨에게 출연해 달라는 요청을 했다는 걸 기억하실 겁니다. 그 요청을 들은 강도영 씨가 고맙게도 오늘 시청자 여러분의 궁금증을 풀어주기 위해 이 자리에 나오셨습니다."

하현종의 멘트가 끝나는 것을 기다렸다가 미리 준비된 의

자에 가서 앉았다.

강도영이 걸어서 앵커석 옆에 자리를 잡자 옥구슬 굴러가는 목소리로 뉴스를 진행하던 윤정아가 도도한 시선으로 그를 바라보았다.

하지만 그 시선은 강도영의 얼굴을 보면서 미미하게 떨리고 있었다.

앵커로서의 자존심 때문에 다른 여자들처럼 시선을 피하지 않았으나 강도영의 얼굴을 보는 순간 가슴이 덜컹 떨어질 정도의 충격을 받았기 때문이다.

확실히 그녀와 달리 메인 앵커인 하현종은 늑대였다.

그는 강도영의 눈부신 외모를 확인하고도 여유로운 표정으로 가볍게 고개를 숙여 인사하는 깃을 잊지 않았다.

"강도영 씨, 시청자 여러분께 인사부터 하시죠."

"안녕하세요, 영화배우 강도영입니다. 이렇게 인사드릴 수 있어서 영광입니다."

"최고의 스타답게 목소리가 무척 부드럽군요. 앵커를 하셔도 될 것 같습니다. 강도영 씨, 현재 광개토대제가 단 3주 만에 천만 관객을 동원하고 있습니다. 평론가들의 의견은 잘 짜인 시나리오와 김동혁 감독의 연출, 그리고 강도영 씨를 비롯한 주연배우들의 열연이 원인이라고 하던데 강도영 씨는 어떻게 생각하고 계십니까?"

"저 역시 그렇게 생각하고 있습니다. 한 가지 덧붙인다면 이번 영화가 한민족 역사상 가장 위대한 분을 그렸기 때문에 국민 여러분께서 열화와 같은 성화를 보내주신 거라고 생각합니다."

"방금 말씀하신 것처럼 가장 위대했던 광개토대제를 직접 연기하면서 어려움을 없었나요?"

"그분의 사상과 철학을 제대로 이해하지 못한 상태에서 제가 혹시나 누를 끼칠까 봐 엄청난 부담감이 있었습니다. 하지만 그분이 당시 느꼈을 심정과 일치하기 위해 혼신의 노력을 다했습니다. 당당한 자존감, 고구려를 억누르고자 하는 주변 국가들의 압박을 뚫어내고자 하는 의지, 그리고 전사로서의 용맹. 광개토대제께서는 그 모든 것을 가졌다고 생각했습니다."

"그렇군요. 이번 광개토대제의 해외 판권이⋯⋯."

하현종은 미리 약속한 대로 준비된 질문들을 이어나갔다.

출연료 등 예민한 질문들은 피했고 향후 계획과 연기자로서의 각오 같은 일반적인 것들이었다.

하지만 마지막 질문은 달랐다.

뉴스였기에 약속된 질문을 할 것이라고 예상했던 강도영의 의표를 찌르듯 하현종이 전혀 준비되지 않았던 질문을 기습적으로 덧붙였던 것이다.

"지금 강도영 씨는 우리나라 미혼 여자분들의 이상형 1위에 올라있습니다. 아마, 이 질문은 시청자들께서 가장 궁금해하는 것일 텐데요. 강도영 씨, 혹시 사귀는 분이 계신가요?"

강도영도 놀랐지만 더 놀란 것은 윤정아였다.

그녀는 예정된 질문이 모두 끝나자 뉴스를 마무리하기 위해 원고를 정리하다가 하현종의 질문을 듣고 두 눈을 부릅떴다.

하현종이 앵커 경력 20년이나 되는 베테랑이지만 9시 뉴스에서 영화배우에게 개인적인 사생활, 그것도 가장 민감한 부분을 찌르리라고는 예상치 못했다.

그럼에도 그녀는 하현종의 질문이 끝나자 강도영의 얼굴을 빤히 쳐다보며 궁금증을 숨기지 않았다.

방송 사고는 둘째 치고 그녀 역시 이 질문에 대한 강도영의 대답이 너무나 궁금했기 때문이다.

잠시 동안의 침묵.

그 침묵에 질문을 했던 하현종마저 얼굴이 굳어졌다.

이 정도는 괜찮을 것이라 생각하며 베테랑답게 시청자들의 궁금증을 풀어주겠다는 배짱을 부렸는데 스튜디오에 침묵이 흐르자 그의 똥줄이 바짝 타들어갔다.

만약 강도영이 자리에서 일어나 그냥 나가 버리거나 대답을 하지 않고 버틴다면 그는 내일 당장 시말서를 써야 될지도 몰랐다.

할렐루야!

사과 멘트를 날리려던 하현종이 자신도 모르게 속으로 하나님께 감사 기도를 드렸다.

자신을 향해 어색한 웃음을 짓던 강도영의 입이 천천히 열리는 걸 확인했기 때문이다.

"있습니다."

＊   ＊   ＊

신은서는 오랜만에 본가에서 저녁을 먹고 휴식을 취했다.

신비한 남자를 끝낸 후 인기가 하늘을 뚫을 듯이 치솟았기 때문에 그녀는 7개의 광고를 촬영했고 지금은 JYN의 미니 시리즈 드라마를 촬영하고 있는 중이라 한동안 본가에 오지 못했다.

그녀가 오자 부모님과 언니, 그리고 여동생이 펄쩍펄쩍 뛰면서 반겨주었다.

그녀의 아버지는 인국대 대학교수였고 엄마는 종로에서 제법 커다란 이탈리안 레스토랑을 운영했는데 그녀의 언니인 신은미는 작년에 결혼했지만 동생인 신은경은 아직도 여고 3학년이었다.

가족들이 이렇게 모두 모인 것은 오늘이 바로 그녀의 아버지 신국환의 생일이었기 때문이다.

엄마는 아버지라면 끔찍하게 여겼기 때문에 항상 생일 때면 가게를 접고 일찍 들어와 생일상을 차렸다.

저녁을 먹으며 그동안 있었던 일들에 대해서 즐겁게 이야기를 했다.

그녀의 가족들은 격의 없게 살아왔기 때문에 누가 주도를 해서 대화를 하는 게 아니라 어떤 주제가 나오면 자유롭게 이야기하면서 즐기는 분위기였다.

오랜만에 만났기 때문인지 주제는 끝도 없었다.

대한민국 대부분의 가정이 30분 이내에 식사를 끝낸다는 통계가 있는데 신은서의 가족은 식탁에 앉아 무려 2시간 가까이 대화를 했다.

막내인 신은경의 입에서 요즘 한창 화제가 되고 있는 광개토대제에 대한 이야기가 나온 것은 9시가 거의 다 되었을 때였다.

"언니는 바빠서 광개토대제 못 봤겠다."

"봤어. 개봉일 날."

"거짓말, 개봉일은 완전 매진이었는데 언니가 어떻게 보냐?"

"호호… 이것아, 언니한테는 그런 빽이 있단다. 아주 엄청난 빽."

"힝, 그럼 나도 좀 구해주지. 난 이틀 전에야 간신히 봤단 말이야."

"미안, 다음에 보고 싶은 영화 있으면 말해. 내가 구해줄게."

"됐거든요. 언제 또 광개토대제처럼 완전 매진되는 영화가 나오겠냐. 하나 마나 한 소릴 하고 있어."

"은경아, 그 영화 괜찮지?"

신은서가 은근한 눈으로 동생을 바라보며 물었다.

더 직접적인 질문을 하고 싶었지만 강도영과 사귀고 있다는 말을 가족들에게 하지 않았기 때문에 아직은 숨길 필요가 있었다.

강도영과 사귀면서 약속을 했다.

스캔들에 휩쓸려 곤욕을 치를 수 있으니 누구에게도 두 사람의 사이를 말하지 않겠다는 약속이었다.

매니저들은 어쩔 수 없이 알았지만 강도영의 가족들이 그녀의 존재를 알게 된 건 그가 생사를 넘나들 정도로 아팠기 때문이다.

만약 그런 일이 없었다면 강도영의 가족들도 그녀가 강도영과 사귄다는 것을 몰랐을 것이다.

한동안 신은경은 광개토대제의 주요 장면들을 회상하며 떠들었는데 거기에 나머지 가족들이 가세하면서 한참 동안 대화가 이어졌다.

하지만 신은경의 마지막 말은 영화와 완전히 동떨어진 것이었다.

"광개토대제에서 강도영 정말 죽여줬어. 그 카리스마. 도대체 내 주변에는 왜 그런 남자가 없는 거야. 옆에 있으면 무조건 데리고 사는 건데."

"쪼그만 게 별소릴 다하네."

신은경의 대답에 엄마인 손연숙이 주먹으로 콩 쥐어박았다.

아직 고3인 딸이 할 말은 아니었던 것이다.

하지만 아버지인 신국환은 너털웃음을 지으며 막내딸을 응원했다.

"당신 왜 그래. 당연한 걸 가지고. 강도영 같은 놈이 우리 사위 되면 좋겠다고 그러지 않았어?"

"그건 영화 봤을 때 얘기죠. 하도 멋있게 나와서."

"하하… 이 사람 너무하시네."

"엄마, 애 나이 때는 그런 생각할 수 있어. 흠, 사실 나도 시집 안 갔으면 강도영한테 홀딱 반했을 것 같은데?"

"얼씨구, 이것들이 잘생긴 건 알아가지고… 쯧쯧쯧."

"맞다, 언니야. 오늘 강도영이 뉴스에 나온대. 그거 들었어?"

"응, 들었어."

질문에 신은서가 당연하다는 듯 대답을 하자 신은경의 눈꼬리가 올라갔다.

그녀는 신은서가 알고 있는 것이 못마땅했던 모양이다.

"아니, 이 사람이 밤샘 촬영 어쩌구 하면서 그건 어떻게 알았대?"

"야, 요즘 인터넷만 열면 강도영 씨 기사로 난린데 그걸 모르겠냐. 오늘 뉴스에 그 사람 나온다고 대서특필되어 있더라."

"강도영 씨?"

"그럼 뭐라 불러. 쬐그만 게 나이도 어리면서 강도영, 강도영. 너 함부로 그렇게 부르는 거 아니야."

"헐, 대박. 언니가 그 사람하고 드라마 같이 촬영하더니 완전히 마누라처럼 행동하네. 언니 뭐냐, 혹시 그 사람하고 사귀는 건 아니지?"

"시끄러워, 별소릴 다하고 있어. 난 텔레비전이나 볼란다."

신은경이 두 눈을 동그랗게 뜨고 묻자 신은서가 가족들의 눈치를 보면서 슬그머니 일어나 거실로 가서 텔레비전을 켰다.

그러자 손연숙과 신은미를 제외한 나머지 가족들이 식탁에서 일어나 슬금슬금 그녀의 주변으로 몰려들었다.

어차피 식사는 예전에 끝났기 때문에 소파에 앉아 대화를 이어나가기 위함이었다.

정치, 경제, 사회에 관한 뉴스가 차례대로 끝나고 강도영이 스튜디오에 나온 것은 손연숙이 설거지를 끝내고 커피를 타 와 가족들 앞에 놨을 때였다.

"역시 잘생겼군."

여지없이 강도영의 골수팬인 신은경이 감탄사를 터뜨렸다.

물론, 손연숙과 신은미가 동조를 한 것은 당연한 일이었다.

강도영이 앵커의 질문에 대답할 때마다 그녀의 가족들은 여지없이 한마디씩 떠들었다.

젊은 사람이 의식이 있다는 둥, 생각하는 게 예쁘다는 둥, 목소리가 좋다는 건 기본이고 심지어 콧구멍까지 균형이 잡혔 다는 이야기가 나왔다.

두서없이 떠들던 가족들의 입이 동시에 닫힌 것은 하현종 의 입에서 사귀는 사람이 있냐는 질문이 나왔을 때였다.

꿀꺽……

신은서가 자신도 모르게 마른침을 삼키며 입술을 깨물었 다.

그녀의 눈은 앵커의 질문을 받고 당황하는 강도영에게 고정 된 채 꼼짝도 하지 못하고 있었다.

약속은 했으나 무서웠다.

철석같이 약속을 했으니 그의 입에서는 틀림없이 사귀는 사람이 없다는 말이 나올 것이다.

그러나 그런 대답이 나올 거란 걸 알면서도 온몸이 으슬으슬 떨려왔다.

싫었다. 사랑하는 사람의 입에서 자신의 존재를 부인하는 대답이 나온다는 걸 듣는다는 건 미치도록 괴로운 일이었다.

차라리 귀를 막고 싶었다.

온 국민이 보는 앞에서 그가 사랑하는 사람이 없다고 말하는 걸 듣느니 차라리 이 자리를 벗어나는 게 좋을 것 같았다.

잠시 멈칫하던 강도영의 입이 천천히 열린 것은 신은서가 더 이상 참지 못하고 자리에서 일어나려 할 때였다.

─있습니다. 저에게는 오래전부터 사랑하는 사람이 있습니다. 지금 이 자리에서 그 사람의 이름을 말하지는 못하지만 분명 저에게는 장래를 약속한 사람이 있습니다.

아…….

대답을 듣는 순간 신은서의 눈에서 주르륵 눈물이 흘러나왔다.

간절함과 순간 느꼈던 영원한 고통이 그녀의 눈에서 하염없이 눈물을 흐르게 만들었다.

바보같은 사람. 왜… 약속을 어겨. 나는 어떡하라고!

신은서가 일어나던 자세 그대로 주저앉으며 손으로 얼굴을 가린 채 울어대자 텔레비전을 지켜보던 가족들이 깜짝 놀라면서 그녀를 쓰다듬었다.

손연숙이 놀란 음성으로 딸을 끌어안은 채 급하게 물은 것은 이 상황 너무나 어이없었기 때문이다.

"은서야, 너… 왜 그래. 어디 아픈 거니?"

"흑흑… 엄마, 저 사람이 말한 게… 나야."

"그게 무슨 소리야?"

"저 사람이 사랑하는 여자가 엄마 딸이란 말이에요!"

*   *   *

강도영이 텔레비전 뉴스에 출연한 후 인터넷은 또다시 난리가 났다.

다음 날 주요 포털 사이트 실시간 검색어 1위는 당연히 강도영이었고 그와 연관된 검색어가 모조리 상위 포지션을 차지했다.

강민경, 신은서, 그리고 심지어 광고에 같이 출연했던 연예인들까지 검색어 상위에 이름을 올렸는데 강도영의 여자 친구로서 의심되는 사람들이었다.

신은서는 그런 기사들을 보면서 한숨을 길게 흘려냈다.

어젯밤.

뉴스를 보면서 한바탕 눈물을 흘린 여파는 상상 의외로 컸다.

부모님을 포함해서 가족들은 그녀의 폭탄 같은 선언을 들은 후 처음에는 믿지 못했으나 그녀가 강도영의 부모님과 동생에게까지 인사를 했다는 소릴 듣고 놀람을 숨기지 않았다.

　특히 막냇동생인 신은경은 펄쩍펄쩍 뛰었다.

　강도영이 남자 친구라면 왜 속였냐고 방방 뜨면서 당장에라도 데려오라고 성화였다.

　하지만 그건 신은경뿐만이 아니었다.

　아버지는 물론이고 엄마까지 강도영을 보고 싶어 했다.

　신은서의 나이는 벌써 서른 살이고 불과 한 달만 지나면 서른하나가 된다.

　물론 요즘 추세가 결혼을 늦게 하는 거라지만 부모의 입장으로 봤을 때 딸의 나이는 결코 적지 않은 것이었다.

　이왕 그녀가 그쪽 부모님께 인사를 했다면 어느 정도 관계가 진척된 것이니 자신들도 강도영을 볼 자격이 충분하다는 주장이었다.

　신은서는 가족들에게 뭇매를 맞다가 강도영을 소개시키지 못하는 이유를 댔다.

　그가 만약 그녀의 가족을 만나는 게 들키기라도 하면 대한민국 최대의 스캔들로 비화될 수 있다는 것이었다.

　지금 강도영은 인기 정점에 서 있는 슈퍼스타였기에 그를 보호해 줘야 된다는 핑계를 대면서 아직 그에게 프러포즈를

받지 못했으니 나중에 때가 되었을 때 자연스럽게 소개시켜
주겠다는 약속을 했다.

간신히 가족들을 달랜 후 비밀을 꼭 지켜달라는 부탁을 잊
지 않았다.

지금 뉴스로 인해 강도영의 여자 친구가 누구냐라는 게 전
국민의 관심사였기 때문에 거듭 조심할 필요가 있었다.

신은서는 촬영을 마치고 휴대폰을 만지작거리다가 기어코
단축 버튼을 눌렀다.

어제 쏟았던 눈물은 슬픔으로 인해서가 아니라 여자로서
더없이 행복했기에 흘린 눈물이었다.

강도영은 전 국민이 보는 앞에서 자신의 존재를 숨기지 않
았다.

실명까지 거론한 것은 아니었으나 그것만으로도 강도영은
커다란 타격을 입을 게 분명했다.

스타라는 것은 일종의 환상 속의 인물들이다.

여자들에게 압도적인 인기를 얻고 있는 강도영은 그녀들의
애인이고 남자 친구였으며 언젠가 꿈속에서 찾아올 백마 탄
왕자였다.

그런 여자들의 환상을 가차 없이 깨버렸을 때 나타나는 인
기 저하는 과거의 전력으로 봤을 때 상상 이상으로 컸었다.

강도영이 그런 사실을 모를 리 없었다.

그럼에도 강도영이 서슴없이 사랑하는 사람이 있다는 말을 한 것은 전 국민이 보는 앞에서 그녀에 대한 사랑을 고백한 것이나 다름없었다.

그래서 눈물이 나왔다. 그녀 역시 너무나 그를 사랑하기에…….

수화기에서 익숙한 컬러링 소리가 들려왔다.

이 노래는 그녀가 가장 좋아하는 윤민서의 '사랑하는 사람들'이란 노래다.

이렇게 짧은 시간에도 그의 목소리가 너무나 듣고 싶다. 그녀가 가장 좋아하는 노래였지만 그녀의 귀에는 지금 아무것도 들려오지 않았다.

얼마나 시간이 지났을까.

─여보세요.

솜사탕 같은 목소리. 언제나 그리워했던 그의 목소리가 수화기를 타고 그녀의 귀로 전해져 왔다.

제40장
사랑하는 사람들 II

　강성두는 여행 가방을 들고 정영숙과 함께 엘리베이터를 탔다.

　'페이스'에서 보내준 기사가 5분 전에 전화를 했지만 그들은 짐을 옮겨주겠다는 그의 제안을 간곡하게 거절했다.

　처음으로 가는 해외여행이었기에 흥분과 설렘, 그리고 두려움으로 잠까지 설치면서 오늘을 기다렸다.

　강도영은 오늘부터 광고 촬영에 들어가기 때문에 오지 못했고 둘째는 꼼꼼히 여행에서 필요한 준비물들을 챙겨준 후 도서관으로 향했다.

강우성은 취직 시험이 한 달 앞으로 다가왔기 때문에 새벽부터 밤늦게까지 공부를 했는데 오늘은 아침 내내 집에 남아 그들이 무사히 떠나도록 준비를 해줬다.

　여행 가방을 들고 나선 강성두와 정영숙의 얼굴에는 웃음이 담겨 있지 않았다.

　원해서 나선 여행이 아니었다.

　지금까지 살면서 결혼기념일을 제대로 챙긴 적이 한 번도 없었는데 갑자기 강도영이 여행 티켓을 가져오는 바람에 어쩔 수 없이 떠나는 여행이었다.

　충분히 즐거워해야 할 일이었으나 그렇지 못한 건 그들이 살아온 인생이 그만큼 험난했고 힘들었기 때문이다.

　텔레비전에서 가끔가다 나오는 외국 풍경은 그들에게 먼 동화 속의 그림이었지 실제 있는 곳이 아니란 생각을 하면서 살아왔다.

　불안하다.

　영어는 한마디도 하지 못했고 외국 여행에 관한 지식도 머리에 들어 있지 않았다.

　틈 날 때마다 강우성이 인터넷에서 찾은 자료들을 주면서 가르쳐 주었지만 도대체 무슨 소린지 하나도 알아들을 수 없었다.

　어젯밤 잠자리에 누워 두 사람이 연신 한숨을 흘린 건 그런 이유 때문이었다.

고급 승용차에 타고 올림픽대로를 달려 공항으로 향했다.

차장가로 스쳐가는 풍경들이 싸늘해진 날씨처럼 횅하게만 보였다.

마치 그들의 마음처럼…….

공항에 도착한 강성두는 여행 안내서에 적혀 있는 미팅 장소를 찾기 위해 두리번거렸다.

회사에서 보내준 기사는 그들을 남겨놓고 떠났기 때문에 지금부터는 오직 그들만의 힘으로 모든 것을 처리해야 했다.

강우성이 친절하게 빨간 수성 펜으로 동그라미를 쳐줬지만 미팅 장소를 찾는 건 쉬운 일이 아니었다.

공항은 수많은 사람으로 북적이고 있었는데 눈이 팽팽 돌아갈 정도로 빠르게 이동하는 사람들 천지였다.

겨우겨우 자신만을 믿고 따르는 아내를 뒤에 매단 채 미팅 장소를 찾아낸 강성두가 긴 한숨을 흘려냈다.

"저기… 여행 때문에……."

"아, 성함이 어떻게 되세요?"

"저는 강성두고 이 사람은 정영숙입니다."

강성두가 주눅 든 음성으로 말을 하자 가이드로 보이는 아가씨가 서류를 부지런히 넘기다가 한 곳에서 멈췄다.

"아, 여기 계시네요. 실례지만 신분증 좀 보여주시겠어요?"

"예······."

주섬주섬.

강성두와 정영숙은 가이드의 요청으로 신분증을 찾기 위해 허리춤에 매단 가방을 뒤적거렸다.

강우성이 가르쳐 준 대로 중요한 물건을 넣고 다니기 위해 그들은 등산할 때 쓰는 허리 가방을 차고 있었는데 워낙 여러 가지를 넣었기 때문에 찾는 데 시간이 걸렸다.

그 모습을 보면서 이번 여행에 동반하는 사람들이 인상을 구겼다.

이번 여행은 서유럽 코스 중에서 최고급 패키지였기 때문에 대부분 부유층이 신청했으나 강성두와 정영숙의 차림은 그와 전혀 어울리지 않는 것이었다.

등산복 파카와 허리 가방.

두 사람의 차림은 어디 옆 동네 산이라도 가는 것처럼 촌스러움의 극치를 달리고 있었다.

강도영은 여행 티켓을 주면서 별도로 여행 갈 때 사 입으라고 카드를 주었으나 그들은 쓸데없이 돈 쓸 필요가 없다면서 기어코 옷을 사지 않았다.

근검절약이 몸에 배어 있으니 당연한 행동이었겠지만 최고급 옷을 입고 그들을 바라보는 일행의 눈에는 촌뜨기들로 보였을 게 분명했다.

겨우 강성두가 정영숙 것까지 받아서 전해주자 가이드가 꼼꼼하게 신분증을 확인했다.

그녀 역시 두 사람이 이런 고급 여행을 가기에는 전혀 어울리지 않다는 걸 느꼈기에 다른 사람들보다 철저하게 신분증을 확인했다.

이번 패키지에 가는 여행객은 강성두와 정영숙을 합해 모두 12명이었다.

최고급 패키지였기 때문에 젊은 사람들은 하나도 보이지 않았고 전부 나이대가 60살 전후로 보였다.

그중 부부가 네 쌍이고 자매로 보이는 쌍도 둘이나 있었다.

가이드는 일행의 신분을 모두 확인하고 나서 출국에 관한 것들을 간단하게 설명했다.

비행기 탑승 수속이 어떻고 보안 검색, 그리고 면세점에서 시간을 보내다가 탑승구 105번 앞에서 10시에 만나자는 이야기를 했으나 강성두와 정영숙에게는 가이드의 안내가 마치 외계어로 들렸다.

가이드의 설명이 끝나자 일행들이 자연스럽게 흩어졌다.

그들은 가이드의 설명을 듣는 둥 마는 둥 했는데 어떤 사람들은 볼일이 있다면서 나중에 만나자는 말만 남기고 자리를 뜨기까지 했다.

같이 가는 게 아니었나?

사람들이 사방으로 뿔뿔이 흩어지자 강성두가 당황함을 감추지 못하고 정영숙을 바라보았다.

하지만 그녀는 오히려 어쩔 줄 모르는 시선으로 남편만 바라볼 뿐이었다.

강도영은 워낙 고급 패키지기 때문에 가이드가 가르쳐 주는 대로만 따라 하면 아무 문제 없을 거라고 했지만 처음부터 가이드의 말은 알아듣기 힘든 것뿐이었다.

잠깐 사이에 플로어에 남은 것은 그들 부부뿐이었다.

세상에 오직 두 사람만 남아 있는 것 같은 외로움과 무서움이 한꺼번에 몰려왔다.

이대로라면 아들이 애써 준비해 준 여행을 시작도 하지 못하고 돌아가야 할지도 몰랐다.

용기를 내어 사람들이 줄을 선 기계 쪽으로 다가갔다.

사람들은 여권을 들고 뭔가를 하고 있었는데 버튼을 여러 번 조작하더니 비행기표로 보이는 종이를 꺼내 들고 바람처럼 사라지기를 반복했다.

줄을 서서 기다렸다가 강성두가 셀프 체크인 기계에 섰다.

그러나 그는 아무것도 하지 못하고 기계를 바라보며 멍하니 서 있을 뿐이었다.

살아오는 내내 못 배운 것 때문에 힘들고 괴로웠지만 이렇게 무기력한 기분을 느낀 것은 이번이 처음이었다.

뒤에 줄을 선 사람들의 시선이 화살처럼 날아오는 것을 느끼며 우두커니 서 있던 강성두가 붉어진 얼굴로 줄에서 빠져나오자 정영숙의 눈에서 눈물이 주르륵 흘러내렸다.

그녀는 남편이 기계 앞으로 다가가는 것을 보면서 긴장과 초조함 속에서 지켜보다가 무기력하게 빠져나오는 남편의 등을 끌어안았다.

"여보, 그냥 가요. 우리 팔자에 무슨 해외여행이에요."

"미안해……."

부끄러움을 숨기고 걸었다.

집사람에게 미안했고 아들의 얼굴을 다시 볼 생각을 하자 얼굴이 화끈거리며 달아올랐으나 강성두는 정영숙의 손을 잡고 왔던 길을 되돌아갔다.

그래. 우리 팔자에 무슨 해외여행을 간다고…….

아무렇지 않으려 노력했으나 무너져 내리는 자존심이 그의 발걸음을 더없이 무겁게 만들었다.

앞만 보며 걸었다. 다시는 이 길을 걷지 않겠다는 다짐을 하면서.

그때 그의 눈에 어떤 여자와 이야기를 나누고 있는 가이드의 모습이 보였다.

아무 생각도 나지 않았다. 오직 그의 마음속에 있는 건 처

음으로 해외여행을 간다면서 밝게 웃었던 집사람의 얼굴뿐이
었다.

"저기요……."

"어머, 무슨 일이세요?"

"부끄럽지만 저희가 외국 여행은 처음이라… 당최 어떻게
하는 건지 몰라서. 가이드님이 도와주시면 안 될까요?"

"저기 셀프 체크인 기계 보이시죠. 저기다가 여권을 넣으면
좌석이 정해진 표가 나와요……."

또다시 외계어가 가이드의 입에서 마구 흘러나왔다.

그녀는 마치 초등학생한테 가르치는 것처럼 친절하게 설명
을 해줬지만 도무지 알아들을 수 없는 말들뿐이었다.

그랬기에 강성두는 불안한 시선으로 자신을 바라보는 정영
숙을 확인하고 입술을 질끈 깨물었다.

"미안하지만, 대신 해주시면 안 될까요. 제가 해보려고 했는
데 아무것도 할 수 없었어요. 부탁드립니다."

강성두가 정중하게 고개를 숙이자 가이드인 민경혜가 당황
스러운 표정을 지으며 일행을 향해 양해를 말을 남기고 셀프
체크인 기계로 향했다.

당황스러운 일이다.

워낙 해외여행이 보편화되었고 그녀가 맡은 최고급 패키지
는 대부분 부유층이 선택하는 여행이었기에 체크인조차 할

줄 모르는 사람들이 있을 거란 생각을 하지 못했던 것이 실수였다.

가이드 경력이 벌써 3년이 넘었기에 그녀는 거침없이 비행기표를 인출하고 그들을 탑승 수속장으로 데려갔다.

그리고는 그들이 짐까지 붙이는 걸 확인하고 보안 검사 게이트까지 안내하면서 사람들을 따라 출국 심사를 하라고 당부했다.

주의 사항을 다시 한 번 일러주며 출국 게이트 번호와 약속 시간까지 꼼꼼히 챙겨주었다.

마음 같아서는 그들 곁에 붙어서 끝까지 안내하고 싶었으나 그녀는 여행사와 잔여 업무가 있었기 때문에 동행하기가 어려운 상황이라 거듭 반드시 기억해야 할 내용들을 세심하게 알려주고 자리를 떴다.

민경혜가 알려준 대로 출국 심사를 마친 두 사람은 면세점이 있는 곳으로 빠져나와 연신 출발 게이트의 번호를 확인하면서 걸었다.

주변의 화려한 면세점은 눈으로 들어오지 않았다.

수많은 사람이 면세점을 구경하거나 물건을 사고 있었지만 그들은 오직 출발 게이트의 번호를 찾는 것에 집중했다.

여러 번의 시행착오 끝에 105번을 확인한 강성두가 번호를 손으로 가리키자 정영숙이 옆에 있는 의자에 털썩 주저앉왔다.

그녀는 출발 게이트를 찾지 못할까 봐 얼마나 노심초사했는지 얼굴이 노랗게 변해 있었다.

아직 약속된 시간이 1시간 넘게 남았으나 두 부부는 게이트 앞에 있는 의자에 앉아 꼼짝하지 않았다.

괜히 움직였다가 시간에 못 맞추면 가이드의 말대로 여러 사람에게 피해를 줄 수 있기 때문이었다.

*   *   *

강도영은 화장품 광고를 위한 사전 미팅에 참여했다.

사전 미팅은 촬영 스케줄과 광고 콘티를 확인하고 미리 연기해야 할 과정과 동선에 대해서 상의하는 자리였다.

이제 광고도 이번이 여섯 번째 촬영이었기 때문에 익숙해져 있었지만 사전 미팅은 광고의 모든 것을 결정하는 자리였으니 빠질 수가 없었다.

광고에 참여하는 사람들은 강도영이 나타났을 때 꼭 귀신을 보는 표정을 지었다.

영화가 개봉한 지 꼭 3주가 지난 지금 광개토대제의 러닝 스코어는 1,200만을 통과하며 폭풍처럼 대한민국을 강타하고 있는 중이었기에 그들은 그 주인공을 직접 눈으로 확인하자 어쩔 줄을 몰라 했다.

공중파 텔레비전의 9시 뉴스에까지 초청될 정도의 슈퍼스타.

각종 언론은 물론이고 인터넷의 주요 포털 사이트를 완전히 점령한 강도영이란 존재는 그들의 시선을 무섭게 잡아끄는 마력을 가지고 있었다.

미팅을 하면서 자꾸 시계를 봤다.

지금쯤 부모님이 인천국제공항에 도착해서 비행기를 타기 위해 기다리고 있을 시간이었다.

다행스럽게 잠깐 쉬다 하자는 감독의 제안이 떨어지자 강도영은 급하게 나와 휴대폰을 들었다.

하지만 강성두는 물론이고 정영숙의 휴대폰은 모두 꺼져 있었다.

"벌써 비행기에 타신 건가. 왜 전화기가 꺼져 있지?"

"출발이 10시 30분이라고 했잖아. 그러니까 아직 비행기에 타지 않으셨을 거다."

"아, 답답해 미치겠네."

"내 생각에는 비행기 타기 전에 미리 꺼놓으신 것 같아. 아버지가 그런 건 철두철미하시잖아."

"잘 타셨겠지?"

"그럼, 최고로 비싼 패키지로 보내 드렸는데 무슨 일이라도 있겠어. 걱정하지 마."

서현탁이 강도영을 안심시키기 위해 최대한 밝은 목소리로 대답을 했다.

그도 불안한 것은 사실이었다.

한 번도 해외여행을 하지 못한 분들이었으니 강도영이 걱정하는 것도 충분히 이해가 갔다.

그러나 강도영은 그의 말을 듣고도 표정을 풀지 못했다.

"아무래도 내가 나가봤어야 했어. 그렇게 보내 드리는 게 아닌데."

            *   *   *

여행은 5개의 나라를 경유하는 것으로 계획되어 있었는데 프랑스로 들어가서 독일로 빠져나오는 일정이었다.

프랑스 파리. 에펠탑으로 유명한 나라.

강성두와 정영숙은 한 번도 외국을 나간 적이 없었지만 에펠탑만큼은 텔레비전에서 수도 없이 봤을 정도로 유명한 건축물이기에 직접 눈으로 보게 되자 입을 떡 벌렸다.

에펠탑 꼭대기에서 바라본 파리의 전경은 눈이 팽팽 돌 정도로 아름다웠고 신비로웠다.

루브르 박물관을 봤고 베르사유 궁전을 관람했으며 그 유명한 몽마르뜨 언덕도 갔다.

두 사람은 가이드의 뒤만 바짝 따라갔다.

혹시라도 길을 잃으면 큰일 난다는 생각에 가이드가 자유시간을 줬어도 정해진 장소를 크게 벗어나지 않으며 관광을 했다.

일행들의 소개가 본격적으로 시작된 것은 3일째 스위스로 넘어가는 리무진 안에서였다.

예상한 것처럼 일행들의 신분은 사회 지도층 인사들이 많았다.

의사가 있었고 정부 투자 기관의 임원도 포함되었으며 사업을 하는 사람들도 있었다.

가이드의 사회로 간단하게 자기소개를 하는 자리였기 때문에 강성두는 마이크를 잡고 자신의 신분을 말할 수밖에 없었다.

부끄럽지는 않았다.

평생 택시를 몰면서 떳떳하게 자식들을 키웠고 가정을 이끌어 왔으니 자신의 직업을 속일 생각은 전혀 없었다.

"저는 몇 년 전까지 택시 회사에서 운전을 하다가 2년 전부터 개인택시를 몰고 있습니다. 여행하는 동안 여러분과 행복한 시간을 가졌으면 좋겠습니다."

소개가 끝날 때마다 들려 왔던 박수 소리는 그가 마이크를 놓자 현저하게 작아졌다.

다른 사람들이 소개할 때와 비교가 될 만큼.

강성두는 개의치 않았으나 정영숙의 얼굴은 잔뜩 위축되어 있었다.

식당에서 일하면서 있는 자들에게 당해왔던 기억하기 싫은 삶의 편린들이 불쑥 튀어나온 모양이다.

자신의 직업이 여행을 와서도 차별받을 거란 생각은 하지 못했지만 소개가 끝난 후 일행들의 행동은 눈에 띄게 싸늘해져 갔다.

처음 여행을 시작해서 식사를 할 때도 옆에 자리를 잡으면 싫은 내색을 보이던 사람들이 부부의 정체를 확인한 후부터는 공공연하게 표출되기 시작했다.

특히 그들 부부를 경원시한 것은 교수 부인과 압구정동에 산다는 자매였는데 언제부터 친해졌는지 찰떡궁합처럼 몰려다니는 사람들이었다.

스위스에 도착해서 융프라우에 올라가기 전날 저녁을 먹을 때 강성두 부부가 빈자리에 앉으려 하자 먼저 앉아 있던 교수 부인이 대뜸 정영숙을 향해 거부의 표시를 보냈다.

"거긴 자리 있어요. 지금 화장실 갔으니까 다른 자리 앉으세요."

뻔히 보이는 거짓말이었으나 정영숙은 아무런 대꾸조차 하지 않고 옆자리로 걸음을 옮겼다.

그래, 어울리지 못할 사람들이라면 상종하지 않는 게 좋다는 심정으로.

그들이 다른 자리에 앉았을 때 뒤늦게 들어온 압구정 자매가 그녀의 옆에 앉는 것이 보였으나 정영숙은 일부러 모른 체해 버렸다.

점점 시간이 갈수록 교수 부인과 압구정 자매들로부터 시작된 두 부부에 대한 왕따는 일행들에게 점점 퍼져갔다.

마치 호수에 던진 파장이 점점 더 커지는 것처럼.

자신들보다 못한 사람에 대한 차별은 인간의 잔인성을 그대로 드러내며 두 부부를 압박했는데 대놓고 말하지는 않았지만 몸으로 느껴질 정도였다.

그럼에도 강성두와 정영숙은 사람들의 차가운 시선을 외면한 채 이국의 풍경을 구경하면서 아름다운 시간을 보냈다.

이런 여행은 결혼한 후 처음이었으니 다른 사람들로 인해 불행을 느낄 이유가 전혀 없었다.

*   *   *

민경혜는 강성두 부부를 왕따시키는 사람들의 행동을 보면서 슬그머니 화가 치밀어 올랐다.

있는 사람들이 더한다더니 그들은 두 사람을 마치 벌레처럼 대하며 옆에 가까이 오기만 해도 기겁을 하면서 몸을 움찔거렸다.

처음 공항에서 만날 때부터 다른 사람들과 차이가 있다는 걸 알았지만 이렇게 상황이 악화되리라고는 꿈에도 생각하지 못했다.

그녀가 인솔하는 고급 패키지는 거의 다른 패키지보다 두 배 가까이 비쌌기 때문에 대부분의 여행은 좋은 분위기에서 진행되었다.

순박한 사람들이었다.

처음 여행을 왔고 택시 운전을 한다는 사회적 약점이 있었으나 두 부부는 누구에게 해코지를 할 만큼 나쁜 사람들이 아니었다.

그럼에도 교수 부인과 압구정 자매로부터 시작된 왕따는 점점 무리로 파급되어 두 부부를 힘들게 만들고 있었다.

챙겨주고 싶었으나 그녀의 위치에서는 그렇게 할 수 없었다.

가이드란 일행을 전부 이끌어야 하는 위치에 있었고 요즘은 조그만 실수를 해도 회사에 직접 불만을 표출하는 경우가 많기 때문에 자칫 잘못하면 곤란한 상황에 직면할 수 있었다.

문제가 발생한 것은 이탈리아를 세계적인 관광지로 만든

주역, 베니스를 관광한 날 저녁이었다.

저녁을 먹고 일행은 이틀 후로 다가온 여행의 마무리를 아쉬워하며 맥주 파티를 열었는데 그곳에서 사달이 발생했다.

처음에는 화기애애한 분위기에서 시작되었다.

사회 지도층들답게 담소를 나누며 여행에서 있었던 일들과 개인 사생활에 관한 것들을 주제로 삼으며 맥주를 마셨다.

뒤늦게 자식들 이야기가 나온 것은 시간이 한 시간 정도 흘렀을 때부터였다.

사람들은 나이가 지긋했기 때문에 한 사람 입에서 자식들에 대한 이야기가 나오자 서로 번갈아가며 자식 자랑을 하기 시작했다.

나이가 들면 어린애가 된다더니 꼭 그 짝이었다.

압구정 자매 중 한 명이 자신의 아들이 이번에 로스쿨에 들어갔다는 자랑을 하자 교수 부인이 뒤를 이었다.

"우리 딸은 아빠를 닮아서 어릴 적부터 공부를 잘했어요. 이번에 S대를 졸업하고 오성전자에 들어갔는데 연봉이 7천만 원이나 된다네요."

"어머, 오성전자면 우리나라 최고의 기업이잖아요. 좋으시겠어요. S대 들어가는 것도 어려운데 오성전사까지 입사했으니 따님을 정말 잘 키우셨네요."

"호호… 저는 한 게 별로 없어요. 지가 잘해서 그런 거지."

교수 부인의 웃음이 마치 여우 울음소리처럼 들렸다.

나름대로 교양을 차리겠다고 손을 가리며 웃었으나 남들에게 우쭐거리는 마음이 그대로 담긴 것이었다.

그녀의 소개가 끝나자 다른 사람들도 차례차례 자식들 이야기를 꺼냈다.

대부분 자랑질이었지만 유일하게 사업을 한다는 남자네와 강성두 부부만은 입을 꾹 닫고 아무 말도 하지 않았다.

압구정 자매 중 하나가 나서서 정영숙에게 불쑥 말을 붙인 건 궁금증보다 그동안 아무 말도 하지 않고 맥주만 축내고 있는 그들 부부가 미웠기 때문이다.

"거기 택시 기사님네는 자제분들이 어떻게 돼요?"

"아들만 둘이에요."

"지금 뭐 하죠?"

"큰애는 영화배우고 둘째는 대학 졸업반이에요."

갑작스러운 질문에 정영숙이 사실대로 말하자 강성두가 옆에 있다가 슬쩍 옆구리를 찔렀다.

강도영의 정체를 말하지 말라는 신호였다.

그동안 수많은 기자가 인터뷰를 요청하며 강도영에 대해서 말해달라고 요청했으나 그들 부부는 한 번도 응하지 않았다.

괜한 참견으로 아들의 앞길에 지장을 줄지 모른다는 두려움 때문이었다.

하지만 이미 물은 엎질러져 압구정 자매는 눈을 동그랗게 뜬 채 질문을 이어나갔다.

"영화배우라고요? 이름이 어떻게 되는데요?"

"그건……."

정영숙이 남편의 눈치를 보며 말끝을 흐리자 압구정 자매의 시선이 묘하게 일그러졌다.

대답을 하지 못한다는 건 아무도 모를 정도로 무명이라는 뜻이라 오해했기 때문이다.

자매 중 동생의 입에서 비웃음이 나온 것은 정영숙이 대답을 못하고 입을 꾹 다물었을 때였다.

"요새는 아무나 다 배우를 한다네. 배운 게 없는 애들이 할 게 없으니까 영화판에 기웃거리는 거 보면 정말 불쌍해."

작게 중얼거린 게 아니었다.

사람들이 모두 들을 정도로 중얼거렸으니 이건 완전히 엿먹으라는 짓이었다.

그랬기에 그동안 잠자코 대화를 듣고 있던 강성두가 소리를 버럭 질렀다.

"당신, 지금 뭐라고 그랬어. 보자 보자 하니까 정말 너무 하는 거 아니야!"

강성두의 고함에 자매의 얼굴이 하얗게 질렸다.

그동안 왕따를 시켰음에도 바보처럼 따로 떨어져서 조용히

다녔기에 점점 우습게 생각했는데 갑자기 벌떡 일어나 소리를 지르자 당황스러웠기 때문이다.

하지만 압구정 자매의 교양은 자신들의 잘못을 인정할 만큼 깊지 않았다.

"뭘 너무 한다는 거죠. 요즘 애들 하는 짓이 그렇잖아요. 돈도 벌지 못하면서 영화판에 따라다니며 배우라고 떠드는 게 그럼 할 짓이에요? 제대로 정신이 박혔다면 그 시간에 막노동이라도 해서 돈을 버는 게 맞는 거죠."

"남의 아들이라고 함부로 말하지 마시오. 댁의 아들보다 훨씬 훌륭한 아들이니까."

"내 말 못 들었어요? 우리 아들은 로스쿨에 들어갔어요. 어디 비교할 걸 비교해!"

"으… 정말, 이 여자가!"

강성두가 분노를 참지 못하고 맥주잔을 잡자 옆에 있던 정영숙과 가이드 민경혜가 그의 몸을 붙들었다.

이대로라면 큰 싸움이 날 것 같았기 때문이다.

두 사람이 붙잡자 강성두가 분함을 억누르고 자리에 앉았다. 하지만 그는 더 이상 꼴 보기 싫다는 듯 압구정 자매로부터 몸을 돌려 버렸다.

생각 같아서는 자리를 떠나고 싶었으나 혼자 호텔로 돌아갈 자신이 없었기에 참을 수밖에 없었다.

두 사람의 신경전으로 인해 분위기가 어색해지자 맥주 파티는 금방 끝나고 말았다.

민경혜는 부지런히 걸어가 카운터에서 계산을 마친 후 일행들을 이끌고 호텔로 향했다.

저절로 한숨이 나왔다.

이번 여행객들은 정말 한숨이 나올 정도로 엉망인 사람들이었다.

교양 있는 척하면서 온갖 있는 체는 도맡아했지만 내면으로 봤을 때 이번 여행객은 빵점에 가까울 정도로 형편없는 심성을 가진 사람들뿐이었다.

당장 대놓고 강성두 부부를 경원하는 교수 부인과 압구정 자매는 물론이고 은근히 그들을 동조하는 나머지 사람들도 똑같은 부류들이었다.

놀라운 건 그동안 계속 당하기만 했던 강성두가 더 이상 참지 못하고 고함을 버럭 질렀다는 것과 언제나 사람들의 눈을 피하기만 하던 정영숙이 아들의 험담을 하자 압구정 자매를 향해 무서운 눈으로 노려봤다는 것이었다.

*   *   *

12일간의 여행 일정은 정말 눈 깜짝할 사이에 지나갔다.

공항을 떠날 때는 불안했고 긴장감에 젖어 있었으나 그림처럼 아름답고 말로 표현하지 못할 만큼 웅장한 인류의 문화유산을 보면서 점점 여행이 주는 기쁨에 젖어들기 시작했다.

사람들의 편견으로 인해 불행하단 생각은 하지 않았다.

그들은 그들의 삶 속에서 행복을 찾으면 되고 자신들은 자신들만의 행복 속에서 이 시간을 보내면 그만이었기 때문이다.

일행이 어떻게 대하든 강성두와 정영숙은 둘이 꼭 붙어다니며 아들에게 고마움을 전할 사진들을 셀 수 없이 찍었다.

호텔에 들어가면 부부는 하루 동안 찍었던 사진들을 보면서 많은 이야기를 나누었다.

이 시간은 그들에게 너무나 소중했고 영원히 기억될 추억이 될 것이기에 행복한 웃음을 만들어 나가며 하루하루를 보냈다.

맥주 파티 때 화를 낸 것은 그들이 강도영을 험담했기 때문이다.

다른 어떤 것도 참을 수 있었으나 아들을 험담하는 것만은 참을 수 없었다.

그의 아들은 세상에서 가장 소중한 존재였기에 그녀의 험담을 듣는 순간 화가 머리끝까지 치밀어 올랐다.

프랑크푸르트공항을 출발해서 여행을 떠날 때보다 더욱 설레는 귀국길에 올랐다.

민경혜는 그들 부부가 다른 사람들과 다르다는 것을 안 이후부터 일일이 따라다니며 출국 수속을 밟아주었기 때문에 돌아오는 길은 아무런 불편을 느끼지 않았다.

12시간의 비행 끝에 인천국제공항이 보이기 시작했다.

이제 조금 있으면 이 사람들과 헤어져 집으로 돌아간다는 생각을 하자 너무나 기뻤다.

민경혜는 비행기가 도착하자 사람들에게 짐을 찾고 공항 로비에서 다시 모여달라고 일행들에게 부탁했다.

마지막 인사를 한 후 헤어지기 위함이었다.

민경혜는 비행기에서 내려 입국 심사대까지 정영숙의 옆에 바짝 붙어 걸었고 입국 수속을 마치자 그들 부부를 이끌고 짐을 찾을 때까지 기다렸다가 입국 게이트를 통해 밖으로 나갔다.

마지막까지 최선을 다하기 위함이었다.

입국 게이트를 통해 밖으로 나오자 수많은 사람이 몰려 있는 것이 보였다.

원래 입국 게이트 밖에는 돌아오는 가족들과 친구들을 마중하기 위해 사람들이 모여 있는 게 당연했지만 민경혜는 놀라운 장면을 확인하고 걸음을 멈출 수밖에 없었다.

그건 다른 사람들도 마찬가지였다.

입국 게이트 밖에는 거의 오백 명 가까운 사람들이 운집해 있었는데 그 가운데는 카메라를 손에 든 기자들도 셀 수 없이 보였다.

너무 놀라 당황해서 걸음을 멈추었던 그녀의 눈에 사람들에게 둘러싸여 있는 남자의 모습이 잡혔다.

들고 있던 가방을 자신도 모르게 놓쳤다.

남자의 정체가 바로 자신이 가장 좋아하는 영화배우 강도영이었기 때문이다.

기가 막혀 자신도 모르게 가슴을 끌어안는 순간 사람들의 틈에 파묻혀 있던 강도영이 천천히 그녀 쪽으로 걸어오는 게 보였다.

숨이 멎는 것처럼 가슴이 뛰었다.

점점 가까이 다가오는 그의 모습을 보면서 공황상태에 빠져들었다.

그의 모습은 스크린에서 본 것보다 훨씬 마력적인 포스를 뿜어내고 있었다.

5m, 3m, 1m.

그녀의 코앞까지 강도영이 다가오자 카메라가 일제히 플래시를 터뜨렸다.

그들의 갑작스러운 플래시 세례에 어쩔 줄 모르고 서 있을 때 다가온 강도영의 입에서 반가움에 가득 찬 목소리가 흘러나왔다.

"잘 다녀오셨어요?"

"뭐 하러 나왔어. 바쁠 텐데."

"걱정되어서 혼났어요. 아무리 전화해도 전화기가 꺼져 있어서 통화를 할 수 있어야죠."

"통화하면 통화료가 엄청 나온다고 해서 꺼놨다. 쯧쯧… 어련히 잘 다녀올까 봐 걱정을 해."

"잘 다녀오셔서 다행이에요."

강도영이 환하게 웃으며 불쑥 다가와 강성두를 끌어안았다. 그러고는 곧 바로 옆에 서있던 정영숙을 넓은 가슴에 끌어안은 채 한동안 움직이지 않았다.

그 모습을 보면서 민경혜가 입을 떡 벌렸고 뒤에 서 있던 교수 부인과 압구정 자매가 온몸을 벌벌 떨어댔다.

세상에…….

영화배우라는 그 아들이 대한민국의 슈퍼스타 강도영이란 사실을 알게 되자 그들은 백만 볼트 전기에 감전이 된 양 온몸을 떨어대며 걸음조차 떼지 못할 정도의 충격에 사로잡혔다.

제41장
몬테크리스토 백작 I

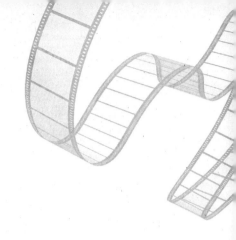

개봉 17일 만에 천만을 통과한 광개토대제는 38일 만에 영화 역사의 신기원을 여는 기록을 작성했다.

한국 영화 역사상 최대의 관객을 동원한 '불의 전차'의 1,780만 명 기록을 깨뜨렸던 것이다.

하지만 그 기록은 거기서 그치지 않고 2,000만 명을 향해 무섭게 질주하고 있었다.

여전히 주말에는 광개토대제를 찾는 사람들의 발길이 끊이지 않아 러닝 스코어가 계속해서 올라가는 중이었다.

말이 2,000만 명이지 대한민국 국민수를 생각한다면 엄청난 숫자다.

영화 구매력이 거의 없는 10살 미만의 어린아이와 80세 이상의 노인들을 제외했을 때 반수 이상의 국민이 광개토대제를 봤다는 뜻이다.

그러나 실상은 숫자 놀음과 다른데 그 이유는 영화를 관람한 사람들이 두 번씩 본 경우가 많기 때문이었다.

광팬들.

좋은 영화를 위해서라면 아낌없이 지갑을 여는 영화 팬들은 시간이 지난 후 새로운 감동을 느끼기 위해 다시 영화관을 찾았다.

국내에서 광개토대제가 흥행 대박을 터뜨리며 무섭게 질주할 동안 북미 박스 오피스도 난리가 났다.

광개토대제가 연속 4주 3위까지 오르는 기염을 토했기 때문이다.

한국은 물론이고 전 아시아를 통째로 뒤집어 봐도 북미 박스 오피스에서 3위까지 오른 아시아 영화는 광개토대제가 처음이었다.

그러나 북미 박스 오피스는 일본과 중국에 비하면 아무것도 아니었다.

신비한 남자를 통해 한류 스타로 자리매김한 강도영의 이름값은 광개토대제를 통해 폭발했는데 영화 시장에서 4주 연속 1위를 기록하며 일본과 중국 팬들을 완전히 사로잡았던 것이다.

*　　　*　　　*

강도영은 광개토대제가 상영되는 동안 7개의 광고를 찍었다.

천하자동차의 신차 '레볼라'와 오성전자의 휴대폰, 그리고 화장품 등을 찍었는데 광개토대제가 신기록을 기록하면서 그의 몸값은 30억을 육박했다.

그가 출연한 광고들이 방송된 후 상품이 날개 돋친 듯 팔려 나가자 광고주들은 아낌없이 돈을 풀었던 것이다.

영화로 벌어들인 돈도 만만치 않았다.

기본 출연료 10억에 러닝 스코어와 해외 판권에 대한 옵션을 계약에 걸어놨기 때문에 2,000만의 관객을 동원할 경우 그가 받는 출연료는 무려 78억에 달했다.

이승환과 윤철욱은 최근 들어 입꼬리가 천장에 매달릴 정도로 즐거운 비명을 지르고 있었다.

강도영으로 인해 벌어들이는 돈이 '페이스' 1년 매출액의 60%를 차지할 정도였으니 그들은 신줏단지 모시듯 강도영을 대했다.

회사의 업무는 강도영에게 집중될 수밖에 없었다.

강도영의 스케줄에 직원들의 상당수가 매달렸고 그의 이미지를 훼손시키지 않기 위해 언론 취재, 홍보, 광고 팀으로 나뉘어 사력을 집중시켰다.

그들이 만약 인터넷 광고와 허접한 광고까지 무작위로 끌어들였다면 수입은 엄청나게 늘어났겠지만 이승환은 절대 그런 짓을 하지 않았다.

슈퍼스타는 그에 걸맞게 움직여야 인기가 지속된다는 신념이 있었기 때문이다.

셋을 벌기 위해서는 하나 정도는 아무렇지 않게 포기한다는 사업 철학.

그의 사업 철학은 오래된 경험에서 비롯된 것이 분명했다.

서현탁은 스스로 강도영과 맺었던 계약서를 찢어버렸다.

강도영의 수입이 천문학적으로 커졌기 때문인데 자신의 역할에 어울리지 않는 돈을 더 이상 받을 수 없다며 그는 미련 없이 친구의 호의를 거절했다.

욕심을 계속 부리면 친구를 잃어버릴 수 있다는 부담감이 그를 그렇게 만들었다.

돈은 귀신마저 부를 수 있고 돈으로 인해 사람이 죽고 사는 일이 비일비재하다는 것을 너무나 잘 알고 있었으니 과한 욕심으로 친구를 괴롭히고 싶지 않았다.

이미 그는 강도영으로 인해 20억 가까운 돈을 벌었고 새로 작성한 계약서에서 수입의 1%를 받겠다는 약속을 했기 때문에 먹고사는 데는 충분하고도 남았다.

*   *   *

청룡영화제는 각 방송국의 연기 대상과는 다르게 영화와 조금이라도 관련된 배우들은 전부 자리를 함께하는 축제였다.

언론이 청룡영화제에 초미의 관심을 보이는 것도 그 이유 때문이었다.

별들의 향연.

방송국의 연기 대상과는 다르게 대한민국의 스타들이 같은 날 한자리에 모이는 경우는 청룡영화제가 벌어지는 11월 25일, 단 하루뿐이었다.

모든 별들은 희망을 품고 청룡영화제에 참석한다.

청룡영화제의 심사는 방송국 연기 대상과 달리 철저하게 비밀 속에서 이루어지는데 상을 받은 사람의 이름이 당일 트로피에 새겨질 정도로 완벽한 보안 속에서 진행된다.

따라서 배우들은 누가 상을 받을지 모르는 상황에서 참석하기 때문에 그 감동은 배가 될 수밖에 없었다.

물론 예상은 충분히 가능했다.

한 해 동안 흥행 대박을 터뜨린 영화들이 대부분 상을 타기 때문에 올해의 작품상과 주연상 등 주요 트로피의 주인공들은 어느 정도 예상이 되었다.

강도영은 청룡영화제에 참석하기 위해 검은색 정장에 턱시도를 매고 세종문화회관으로 향했다.

이미 시상식장은 기자들과 팬들로 인해 인산인해를 이루고 있었는데 광화문대로를 이용하는 차량들까지 구경하기 위해 서행을 했기 때문에 일대가 난리통이었다.

"거의 다 왔다. 도영아, 떨리냐?"

"떨리긴……."

서현탁의 질문에 강도영이 살짝 눈만 내려 미소를 만들었다.

이승환도, 유혁도, 심지어 김동혁 감독도 이번 남우 주연상은 당연히 강도영의 것이라 예상하고 있었다.

서은경이 옆에서 끼어든 것은 강도영의 얼굴을 마지막으로 손질하기 위해서였다.

"이제 내려야 하니까 마무리하자. 여기 봐봐. 야, 너 자꾸 장난칠래? 누가 주둥이 내밀라고 했어!"

"하하… 누나, 일부러 내민 거 아니야. 화장할 때는 나도 모르게 입술이 나온다니까."

"이씨, 너 그럴 때마다 뽀뽀해 달라고 성화 부리는 애들 같 아."

"그랬어?"

"다시 한 번 경고하는데 화장할 때 다시 입술 내밀면 확 그 냥 주둥이 잡아 뽑을 거야."

"에이, 그러지 마."

강도영이 집게손을 만들어 입을 향해 다가오는 서은경을 피해 얼굴을 뒤로 물렸다.

하지만 서은경의 집게손은 마술처럼 날아와 다시 그의 얼 굴을 앞으로 끌어당기고 있었다.

"긴장 좀 해. 긴장되지 않더라도 긴장한 표정을 지으란 말이 야."

"왜?"

"스타는 자신을 속여야 할 때도 있는 법이거든. 상을 타면 서 당연한 표정을 짓는 건 너무 건방져 보이잖아."

"누나는 내가 그동안 건방져 보였어?"

"누가 그렇데? 너무 큰 상을 받으니까 조심하라는 거지."

"알았어."

"그리고 상 받으면 남들처럼 눈물도 보이고 그래라. 너 저번 에 연기 대상 받을 때 너무 건조했단 말이야."

"그건 싫다."

"왜?"

"남자는 딱 세 번 울라고 했어. 상 받았다고 울면 우리 아버지한테 혼나."

"얼씨구, 그게 변명이니?"

"응."

"참 편하게 산다. 내가 너한테 무슨 말을 하겠니. 다 왔어. 내려."

서은경의 눈짓에 눈을 돌리자 빨간 주단과 계단 양쪽에 늘어선 수많은 기자가 눈으로 들어왔다.

이제 내려서 저들 속으로 들어가야 할 시간이었다.

밴의 문이 열리고 강도영이 천천히 차에서 내리자 미친 듯이 플래시가 터지기 시작했다.

다른 스타들이 도착했을 때도 같은 일이 반복되었으나 강도영을 대하는 기자들의 반응은 극성스러움을 넘어 광기에 가까웠다.

그들도 안다.

이번 청룡영화제의 주인공은 다른 누구도 아닌 강도영이란 사실을 말이다.

광개토대제는 청룡영화제에서 무려 10개 부분을 석권했다.

최우수 작품상과 감독상, 남우 주연상의 강도영, 남우 조연상의 유혁, 연출상 등 주요 포지션의 상들을 전부 휩쓸었으니 광개토대제를 위한 청룡영화제였다는 말이 무색할 정도였다.

광개토대제가 영화관에서 막을 내린 건 12월 말이었다.

무려 3달 동안의 대장정.

그 3달 동안 광개토대제가 기록한 러닝 스코어는 아쉽게도 2,000만 명을 채우지 못한 1,970만 명이었다.

하지만 그 기록만으로도 새로운 역사를 창조하기엔 충분한 것이었다.

김동혁 감독은 자신의 평생 숙원이 이루어지자 당분간 일을 하지 않겠다는 선언을 하며 제주도로 내려갔다.

사람은 간절히 원하던 것이 이루어지면 허탈감과 상실감으로 한동안 괴로움 속에서 지내게 되는데 그것은 김동혁에게도 해당되는 것이었다.

정신없었던 연말이 지나고 또다시 한 해가 밝았다.

가만히 생각해 보니 최근 몇 년 동안은 정신없이 살아온 시간들이었다.

4개의 영화에 출연했고, 드라마도 하나 찍었다. 15개의 광고와 1개의 뮤직 비디오를 찍었으니 정신없이 달려왔다고 해도 과언이 아니었다.

7년 동안 잠시도 쉬지 않고 일해온 그에게 발리에서의 일주일 휴식은 꿀맛 그 자체였다.

발리는 세계 각국에서 몰려든 휴양객들로 북적이는 곳이었다.

겨울 여행의 최적지.

강도영과 서현탁이 상의 끝에 발리를 여행지로 잡은 것은 하와이보다 한국인이 더 적다는 것과 래프팅 등 즐길 것들이 많다는 이유 때문이었다.

서현탁은 여행을 간다고 하자 신이 나서 펄쩍펄쩍 뛰었다.

이놈은 애까지 있는 유부남이면서 오히려 강도영보다 훨씬 더 여행이 주는 자유로움을 그리워했다.

"너도 결혼해 봐, 얼마나 자유가 그리운 건지 알게 될 거야."

서현탁이 여행을 떠나면서 강도영에게 한 말이었다.

결혼한 지 얼마나 됐다고 벌써부터 자유 타령이냐며 강도영이 퉁방을 줬으나 서현탁은 엉덩이를 살랑거리며 바보처럼 좋아할 뿐이었다.

호텔에 짐을 풀고 자유로움을 만끽했다.

오 성급 파라다이스는 거대한 수영장을 가지고 있어 해변에 가지 않고도 편안한 휴식을 즐길 수 있었는데 쭉쭉 빠진 미녀들이 선탠을 하기 위해 누워 있는 모습들은 남자들의 심금을 울릴 정도로 황홀한 것이었다.

"인마, 침 닦어. 너 인화 씨한테 일러준다."

"흐흐… 야, 여행 와서까지 우리 그러지 말자. 이것이 다 하나님의 은총 아니겠냐?"

"이 자식아, 그렇게 빤히 쳐다보지 말라고. 그러다 변태 취급 받는다니까. 차라리 나처럼 선글라스를 끼던가."

"이 음흉한 놈, 어쩐지 이상하다고 했어. 아, 선글라스 방에다 놓고 왔네. 기다려, 선글라스 좀 가져올 테니까."

서현탁이 뒤늦게 선글라스가 없는 걸 확인하고 일어나 뛰어가는 걸 보며 강도영이 어이없다는 웃음을 흘렸다.

바보같은 놈. 전쟁터에 나가면서 총을 들고 나오지 않다니… 쯧쯧.

혀를 찬 강도영이 선 베드에 편하게 누워 수영장을 바라보았다.

그도 남자인지라 사내보다는 쭉쭉 빠진 아가씨들에게 눈이 갔는데 특급 호텔이라 그런지 매력적인 여자들이 셀 수 없을 정도로 많이 보였다.

하지만 그런 여유는 오래 가지 않았다.

"혹시… 영화배우 강도영 씨 아니세요?"

왼쪽에서 다가온 두 명의 아가씨가 조심스럽게 말을 붙여왔는데 그녀들은 강도영의 정체를 확신한 듯 목소리가 떨려 나오고 있었다.

몸을 일으킬 수밖에 없었다.

누워 있는 상태에서 눈을 돌렸을 때 비키니를 입은 그녀들의 중요 부위가 보였기 때문에 강도영은 벌떡 일어나고 말았다.

발리에 한국 사람이 많지 않다는 서현탁의 말은 거짓말임이 분명했다.

아가씨들에 이어 사람들이 그의 곁으로 줄줄이 몰려들었는데 그 수가 점점 불어나고 있었다.

사인을 해주고 같이 사진을 찍어주는 동안 득달같이 달려온 서현탁이 그를 이끌고 방으로 들어갔다.

이곳에서도 강도영은 여전히 슈퍼스타였다.

*　　　　　*　　　　　*

2월이 되자 각종 방송사의 러브콜이 이어지기 시작했다.

공중파를 비롯해서 종편에서까지 강도영을 섭외하기 위해 안달을 부렸는데 그들이 제시한 편당 출연 금액은 1억을 훌쩍 상회하는 것이었다.

하지만 강도영은 쉽게 출연을 결정하지 않았다.

선뜻 출연을 결정할 만큼 매력적인 시나리오들이 없었기 때문이다.

텔레비전의 미니 시리즈는 시나리오가 자신을 죽이고 살릴 수 있는 가장 치명적인 무기라는 걸 강도영은 너무나 잘 알고 있었기에 시나리오를 일일이 살펴가며 자신이 하고 싶은 배역이 나올 때까지 기다렸다.

그건 영화도 마찬가지였다.

그에게 출연 제의가 온 영화는 무려 5개가 되었지만 강도영은 시나리오를 살펴본 후 전부 거절하고 말았다.

천 년을 하루같이 산다.

이왕 출연을 한 이상 사람들을 감동시키고 즐겁게 할 수 있는 영화를 찍고 싶다는 고집을 갖게 된 건 김동혁을 만나고 난 후부터 생겼다.

그의 열정과 예술에 대한 집념.

영화인으로 살아가는 자세를 배웠으니 그에 부끄럽지 않은 모습으로 살아갈 생각이었다.

*   *   *

강도영은 본가에 들러 점심을 먹은 후 컴퓨터로 영화를 보면서 시간을 보냈다.

오늘은 아버지 강성두의 생일이었기 때문에 온 가족이 모여 저녁을 먹을 예정이었다.

강성두는 생일이었음에도 일을 나갔고 강우성은 오성캐미

컬에 입사했기 때문에 지금 집에는 그와 정영숙만 있었다.

정영숙은 오후에 장을 보러 나갔다가 온 후 지금까지 뚝딱거리며 뭔가를 만들고 있었는데 아버지의 생일상을 준비하고 있는 게 분명했다.

사람들의 기억 속에 명작으로 회자되는 영화 '불멸의 사랑'을 반복적으로 돌려가며 보던 강도영이 부엌으로 나온 것은 3시가 넘었을 때였다.

"엄마, 뭘 이렇게 많이 준비해요?"

"호호⋯ 너네 아버지 생일인데 풍족하게 준비해야지. 말은 안 하지만 대충 넘어가면 얼마나 서운해한다고. 더군다나 은서도 온다고 했잖아."

"내가 도와줘요?"

"됐어, 들어가 쉬기나 해."

"음, 엄마 솜씨 못 믿는데. 음식 솜씨는 엄마보다 내가 훨씬 좋으니까 도와줄게."

"강도영, 너 자꾸 엄마 무시할래?"

"은서도 오는데 우리 집 음식 솜씨가 들통 나면 안 되잖아요. 어험, 괜한 자존심 때문에 가문의 명예를 실추시키면 되겠어?"

"그런가?"

강도영이 옆에 다가와 슬그머니 일회용 장갑을 끼자 정영숙이 뭔가를 골똘히 생각하더니 포기한 듯 자리를 내줬다.

음식 솜씨는 손맛이라고 했는데 정영숙은 그와 거리가 멀었다.

식당에서 일한 전력이 있었지만 허드렛일을 한 것이지 주방에는 들어가 본 적이 없었고 심지어 남편인 강성두마저도 그녀가 한 음식보다 강도영이 해준 된장찌개가 훨씬 맛있다고 할 만큼 정영숙의 음식 솜씨는 형편없었다.

여자로서 자존심이 상하는 일이었으나 정숙영은 강도영이 칼을 드는 걸 막지 않았다.

신은서만 아니라면 어떻게 버티겠는데 미래의 며느리감 앞에서 창피를 당하기는 싫었기 때문이다.

강도영은 정영숙이 슬그머니 자리를 비켜주자 요리 재료들을 주욱 살펴본 후 한 가지씩 해치우기 시작했다.

전문적으로 요리를 배운 적은 없었지만 학교 다닐 때부터 스타가 되기 전까지 요리에 취미를 붙여 많은 음식을 해왔었다.

정영숙이 준비한 재료는 상당히 많았다.

갈비찜부터 잡채, 해물탕은 기본이었고 샐러드와 심지어 동태전까지 재료가 넘쳐났다.

강도영이 뚝딱거리며 재료를 손질하고 하나씩 음식을 만들어 나가는 과정을 보면서 정영숙은 연신 감탄사를 터뜨렸다.

강도영은 휴대폰을 이용해서 레시피를 확인하며 음식을 만들고 있었는데 그녀가 알고 있는 것과 상당 부분 달랐다.

"어머, 거기에 설탕을 넣네. 고춧가루는 세 스푼이고?"

"엄마는 얼마나 넣었는데."

"난 뭐, 대충했지."

"그러니까 맛이 없잖아. 엄마, 방해되니까 저쪽으로 가 있을래요?"

"싫어."

"왜?"

"그래도 내가 했다고 우겨야 하는데 어떻게 소파에 가 있니. 호호… 도영아, 이거 전부 내가 만들었다고 해줄 거지?"

"알았어. 엄마가 다 만들었다고 해줄게."

"그래, 그래야 착한 아들이지. 뭐 마실 거 줄까?"

정영숙이 깔깔거리고 웃었다.

누가 만들었다는 건 상관없는 일이었다. 그저 아들과 함께 이렇게 있는 것만으로도 너무나 행복할 뿐이었다.

강성두가 집으로 들어온 건 강도영이 음식을 거의 완성했을 때였다.

5시가 조금 넘었을 무렵인데 그가 이 시간에 들어온 것은 자신의 생일 때문에 가족이 전부 모인다는 것도 있었지만 복면가왕을 보기 위함이 분명했다.

"일찍 오셨네요."

"응. 그런데 너 뭐 하냐?"

"엄마 음식하는 거 도와주고 있었어요."

"다 큰 사내놈이 부엌에 있는 거 아니다. 은서가 보면 어쩔 려고 그래?"

"하하하… 아버지도 은서를 무서워하세요?"

"무서운 거보다 네가 나중에 부엌데기가 될까 봐 그렇지. 여자들은 남자가 한번 해주면 끝장을 보려고 하거든."

"애한테 좋은 거 가르쳐 주시네요."

정영숙이 두 부자의 대화를 듣고 눈을 흘기자 강성두가 헛 기침을 삼켰다.

"험험… 그런데 은서는 몇 시에 온대?"

"아마, 7시는 넘어야 할 거예요. 촬영 끝나고 오거든요. 우 성이도 그때쯤 오니까 아버지 생일상은 그때까지 기다려야 할 것 같아요."

"배 안 고프니까 괜찮아… 나는 좀 씻어야겠다."

직접적으로 말은 안 하지만 강성두는 신은서를 빨리 보고 싶어하는 눈치였다.

그는 신은서를 며느리감으로 찍어두었기 때문인지 그녀를 몇 달 동안 보지 못하자 강도영에게 수시로 안부를 물었다.

아버지가 씻고 나와 텔레비전을 켜자 강도영이 그 옆으로 다가와 앉았다.

텔레비전에서는 강성두가 가장 좋아하는 복면가왕이 막 시작되는 중이었다.

"아버지는 왜 저걸 그렇게 좋아하세요?"

"재밌잖아. 누군지 모르는 상태에서 오직 노래 솜씨만 겨룬다는 게 재밌어. 너네 엄마랑 이걸 보고 있으면 시간 가는 줄 모르겠더라. 특히 오늘은 노랑나비가 5연승을 하는 날이라 꼭 봐야 해. 넌 노랑나비가 누군지 모르지?"

"전 복면가왕 안 봐서 모르겠어요."

"내가 너무 궁금해서 인터넷을 찾아봤더니 우리나라 3대 디바라고 알려진 이수연이란다. 그래서 그런가 걔 정말 노래 엄청 잘하더군."

"노랑나비 팬이세요?"

"듣고 있으면 막 소름이 끼쳐. 얼마나 고음이 높게 올라가는지, 어휴……."

"은서보다도 더 좋아요?"

"이놈아, 그거와는 다르지. 어딜 은서와 노랑나비를 비교해. 너 바보냐?"

"하하하……."

신은서를 생각하는 마음이 강성두의 입에서 고스란히 흘러

나왔다.

그랬기에 강도영은 유쾌하게 웃으며 텔레비전을 바라볼 수 있었다.

화면에서는 묘한 마스크를 쓴 사람들이 열창을 하고 있었는데 입이 떡 벌어질 만큼 수준급의 노래 솜씨를 가진 사람들이 대부분이었다.

강성두의 입이 열린 것은 마징가제트 마스크를 쓴 남자의 노래가 끝나면서 관객들이 우레와 같은 박수를 보낼 때였다.

"아무래도 이번에는 노랑나비가 위험할 것 같아. 인터넷 보니까 쟤가 김주열이라고 하더라."

"저 사람이 김주열이라고요?"

"요새는 인터넷 보면 금방 정체가 나와. 그래서 그런가, 그렇게 생각하고 보면 확실하게 김주열이란 걸 알 수 있더라고."

김주열은 대한민국을 대표하는 가수들 중 한 명으로 엄청난 가창력을 지녀 관객들을 들었다 놓을 정도의 무대를 만드는 사람이었는데 노래가 끝났을 때 관객들은 격렬하다는 표현이 어울릴 만큼 대단한 반응을 보여주고 있었다.

강성두의 예상은 정확하게 적중되어 마징가제트가 노랑나비를 꺾고 가왕의 자리에 앉았다.

노랑나비는 인터넷 유저들의 예측대로 이수연이 맞았다.

그녀 역시 관객들이 두 눈을 떼지 못할 정도로 열창을 했지만 김주열의 카리스마를 넘지 못하고 가왕 자리에서 내려오고 말았다.

아버지와 함께 흥미롭게 프로그램을 지켜보던 강도영의 눈빛이 변한 것은 이수연이 관객들에게 인사를 할 때 강성두의 입에서 떨어진 말 때문이었다.

"휴우… 우리 아들이 저기에 나가면 전부 놀라 자빠질 텐데 아쉽네. 목만 아프지 않았어도……."

"당신은 그런 소릴 뭐 하러 해요. 다 지난 일 가지고!"

슬그머니 다가와 복면가왕을 같이 보던 정영숙이 핀잔을 주자 강성두가 계면쩍은 듯 연신 헛기침을 터뜨렸다.

아버지는 아직도 그의 목이 아프다고 생각하는 모양이었다.

의사가 완치되었다고 말해줬으나 강성두는 무리하면 다시 재발할 수 있으니까 가급적 목을 사용하지 말라는 이야기만 기억하고 있는 게 분명했다.

*　　　*　　　*

복면가왕을 지휘하는 PD 석의단은 조연출이 가져온 출연 대상자 명단을 확인하며 인상을 찡그렸다.

요즘 들어 부쩍 아이돌과 걸 그룹의 출연자가 자주 대상에 올라오고 있었다.

조연출의 선택이 아니라 윗선에서 내려온 오더임이 분명했다.

복면가왕 시즌 2가 인기를 얻으면서 기획사의 로비가 점점 심해지고 있는 중이었다.

그가 기획사의 로비를 원천 차단 해버리자 이제 로비는 윗선으로 집중되고 있었다.

매주가 전쟁이다.

인기를 얻었다고 하지만 18%까지 치솟았던 시청률은 1년이 지나자 점점 쳐져서 이제 13%까지 떨어진 상태였다.

이대로 간다면 시즌 1 때처럼 단 자리 시청률을 기록하는 건 시간문제라는 생각이 들었다.

"여기서 두 명을 꼭 출연시키란 말이야?"

"국장님 오더라서요. 이 중에서 김동환과 이은성을 특별히 신경 쓰라고 하셨습니다."

"염병……."

특별히 신경 쓰라는 건 출연시키라는 얘기와 다름없는 것이었다.

뭘 얼마나 얻어 처먹었는지 몰라도 이런 일이 반복되는 한 복면가왕은 앞으로 기껏 버텨봤자 1년이 고작일 것이다.

아이돌과 걸 그룹이 아무리 인기가 있다 해도 노래 실력만으로 경연하는 복면가왕에서는 그들의 출연이 전혀 도움되지 않는다.

시청자들이 원하는 것은 마스크로 가려진 얼굴이 아니라 깊은 감성으로 자신들을 감동시킬 수 있는 연예인을 원하기 때문이다.

예전에도 이런 일이 반복되다가 프로그램이 폐지됐었는데 아직도 윗선은 정신을 차리지 못하고 있었다.

하지만 어쩔 수 없다.

그가 말을 듣지 않는다 해도 결과는 변하지 않을 테니 말이다.

"좋아, 일단 그 둘은 그렇다 치고 나머지는?"

"여기 대상자를 물색해 놨습니다. 배우가 1명, 개그맨이 1명, 나머지 4명은 가수들인데 1명은 뮤지컬 쪽입니다. 마징가제트와 상대할 사람은 최재순과 김용범입니다. 둘 다 가창력이 뛰어나기 때문에 충분히 경연이 될 거라고 판단합니다."

"최재순과 김용범이라면 자격이 있지. 섭외는?"

"지금 말씀드린 사람들은 전부 나올 수 있는 사람들입니다. 제가 전화하니까 흔쾌히 응하더군요."

"좋아. 일주일부터 연습 들어가야 하니까 준비하라고 전해. 빵꾸 내면 그냥 안 있는다고 협박하는 거 있지 마라. 알았어?"

"당연하죠."

"작가들한테도 출연진 전달해 주고 시나리오 준비시켜. 맨날 똑같은 거 말고 신선한 것 좀 만들란 말이야. 맨날 나와서 성대모사하고 춤추는 거 이제 시청자들이 지겨워해."

"그건 그런데 워낙 뻔해서 그게 쉽지가 않아요."

"쉬우면 뭐 하러 돈 주고 일을 시키냐? 발상의 전환을 해보란 말이야!"

석의단이 소리치자 조연출의 얼굴이 급격히 어두워졌다.

씨발, 계급이 깡패다.

시청률이 자꾸 떨어지는 건 진행의 문제가 아니라 출연진의 문제였다.

기껏 출연료를 준다는 게 특급 스타가 200만 원이고 신인들은 100만 원 정도 선이니 누가 나오려고 한단 말인가.

신인들이야 얼굴을 알려야 하니까 죽을 둥 살 둥 모르고 나오기 위해 기를 쓰지만 스타급들에게는 씨도 안 먹히는 일이었다.

복면가왕이 노래 실력에 기반을 두고 있으나 시청률을 올리기 위해서는 마스크를 벗었을 때 깜짝 놀랄 만한 스타들이 자주 나와야 하는데 현재의 출연료로는 불가능에 가까운 일이었다.

가끔가다 나오는 스타들은 정말 눈물 없이 볼 수 없을 정도로 사정사정해서 나오는 경우가 대부분이었다.

그나마 가수들이 적극적으로 출연하지 않았다면 복면가왕은 프로그램 진행 자체가 어려웠을 것이다.

가수들은 직업이 노래하는 것이다 보니 근본적으로 자신의 노래 실력을 대중들에게 뽐내고 싶어 하는 본성이 있어 돈에 연연하지 않았다.

그런 내용은 오히려 석의단이 더 잘 안다.

그럼에도 소리를 지르며 신경질을 내는 건 배우나 탤런트, 스포츠 스타 등의 연예인들을 섭외하는 것이 어렵기 때문이다.

석의단의 휴대폰이 요란하게 울리기 시작한 것은 조연출이 얼굴을 찌푸린 채 잡아먹으라는 듯 입술을 삐죽거릴 때였다.

"여보세요?"

─안녕하세요. 석의단 피디님 맞으시죠?

"그런데 누구십니까?"

─저는 강도영이라고 합니다.

"누구라고요?"

─영화배우 강도영입니다.

수화기 너머에서 다시 한 번 목소리가 들려오자 석의단의 표정이 일그러졌다.

아직까지 조연출은 나가지 않고 자신을 지켜보는 중이었다.

가뜩이나 프로그램의 시청률이 떨어져서 미치고 펄쩍 뛸 정도로 날이 서 있는 판에 장난 전화가 오자 열이 확 올라왔다.

"네가 강도영이면 난 장상주다, 이 새끼야. 가뜩이나 바빠 죽겠는데 어디서 장난질이야!"

장상주는 현재 대한민국의 대통령 이름이다.

상대가 슈퍼스타 강도영의 이름을 사칭했기 때문에 그는 대통령의 이름을 거론하며 수화기에 대고 욕설을 퍼부었다.

—아니, 그게……

"전화 끊어. 너 한 번만 더 장난치면 끝까지 쫓아가서 죽여 버린다. 웬 거지같은 놈이 아침부터 지랄을 하고 있어."

석의단이 종료 버튼을 누르고 전화기를 소파에 휙 집어 던졌다.

그런 후 조연출을 향해 간신히 감정을 억누르고 입을 열었다.

"야, 조감독. 이게 나 좋자고 하는 짓이냐. 복면가왕 작살나면 너나 나나 사이좋게 손잡고 사우나장에 가서 놀아야 돼. 그러고 싶어?"

"그건 그런데 지금 작가들도 죽으려고 해요. 정해진 시간에 할 수 있는 게 뻔하다는 거 피디님도 잘 아시잖아요. 그러지 말고 피디님, 우리 윗선에 건의해 보시죠. 이 출연료로는 더 이상 진행이 안 됩니다."

"내가 안 해봤을 거 같냐? 씨발, 회사 방침이 그렇다면서 시청률 올리는 건 피디 능력이라고 하더라."

"참, 죽을 맛이네요."

조연출이 말을 듣고 한숨을 내리쉬자 석의단의 표정이 서서히 누그러졌다.

어차피 한솥밥을 먹는 조연출이었고 그가 인정할 정도로 능력도 있는 놈이기에 더 이상 성질내는 건 절대 현명한 짓이 아니었다.

어떡하든 달래고 얼러서 조금이라도 더 시청률을 올려야 했다.

"조감독, 어쩌겠냐. 우리가……."

전화벨이 다시 울리기 시작한 것은 조연출을 달래기 위해 결정적인 말을 하려는 순간이었다.

화를 참고 소파에 던졌던 전화기를 들어 올렸다.

"여보세요?"

ㅡ석 피디님, 다시 한 번 더 욕하시면 화낼 겁니다. 저는 영화배우 강도영입니다.

"아니, 이런……."

뒤에 하고 싶은 말은 또라이였다.

하지만 석의단은 이상한 예감에 그 말을 하지 않고 액정에

떠 있는 전화번호를 확인했다.

모르는 번호. 하긴 상대가 진짜 강도영이라 해도 저장이 되어 있지 않았으니 정체를 알아낼 방법이 없다.

수화기 너머에서 사내의 음성이 다시 들려온 건 그가 목소리를 가다듬고 도대체 나한테 왜 그러냐고 정중히 물으려 할 때였다.

미친놈이라도 자신에게 전화했을 때는 그만한 이유가 있을 거란 판단이 들었다.

욕설은 퍼붓는 것은 그다음 일이다.

—석 피디님, 저는 강도영이 맞고 복면가왕에 출연하고 싶어서 전화드렸습니다. 아직도 제 정체를 의심하시는 것 같은데 오늘 중으로 저희 회사에서 석 피디님한테 전화가 갈 겁니다. 그때 확인해 보시죠.

"강도영 씨가… 정말 강도영 씨가 맞단 말입니까?"

석의단은 상대가 전화를 끊자 눈을 부릅뜨고 핸드폰을 노려봤다.

조연출인 김경석이 눈치를 보면서 슬그머니 말을 붙여온 것은 그의 행동이 너무나 이상했기 때문이다.

"피디님, 누군데 그러세요?"

"씨발, 이 새끼가 강도영이란다."

"강도영이라뇨. 영화배우요?"

"그래, 그 강도영. 환장하겠구만."

"어떤 놈이 할 일 더럽게 없는 모양이네요. 아침부터 장난질이나 치고."

"휴우… 골 아프니까 담배 땡긴다. 담배 없냐?"

"너무 열 받지 마십시오. 가끔가다 그런 또라이들 있잖아요. 우리가 뭐 한두 번 당해봅니까?"

"그런데 예감이 이상하단 말이야."

"그 자식이 뭐라고 그러는데요?"

"자기가 강도영 맞다고 하면서 복면가왕에 출연시켜 달래. 오늘 중으로 페이스에서 전화를 할 거니까 그때 확인하라는 거야."

"햐아, 장난질도 이젠 엄청 업그레이드되었군요. 이건 완전히 보이스 피싱 수준인데요?"

김경석이 스트레스를 언제 받았냐는 듯 탄성을 터뜨렸다.

그는 석의단을 말을 듣고 빙그레 웃고 있었는데 석의단의 찌푸린 얼굴과 완전히 대조되는 표정을 짓고 있었다.

석의단이 불쑥 입을 연 건 그가 용건을 마쳤다는 듯 자리에서 일어날 때였다.

"잠깐 앉아봐."

"왜요?"

"정말 강도영이라면 어쩔래?"

"거, 말도 안 되는 소리 하지 마세요. 강도영이 미쳤다고 복면가왕에 나오겠어요?"

"그러니까 만약이라고 했잖아!"

"정말 그렇다면 완전 대박이죠. 강도영이 나와만 준다면 아마 시청률이 10%는 뜰 겁니다."

"그렇지?"

"당연하죠."

"아, 씨발. 도저히 못 참겠다. 페이스 전화번호 좀 줘봐라."

"대표 전화요?"

"거기 사장 전화번호, 가지고 있지?"

"그럼요. 잠깐 기다리세요."

역시 조연출답게 웬만한 전화번호는 전부 입력되어 있다.

프로그램에 출연진을 섭외하는 게 주 업무 중의 하나라서 그런지 김경석은 금방 이승환의 전화번호를 찾아내서 석의단에게 내밀었다.

그가 준 전화번호를 석의단은 하나씩 조심스럽게 눌렀다.

혼자서 끙끙 앓는 것보다 당장 확인해서 사실을 확인하는 게 오래 사는 데 도움이 될 것 같았다.

긴장 속에서 기다리자 전화벨이 다섯 번 울린 후에 상대방의 목소리가 울려 나왔다.

―여보세요?

"안녕하세요, 사장님. 저는 JYN의 석의단 PD입니다."

―누구시라고요?

"JYN의 석의단입니다. 복면가왕 프로그램을 맡고 있습니다."

상대가 자신을 알아보지 못하자 석의단이 가볍게 이맛살을 찡그렸다.

하긴 모르는 것도 이해가 간다.

'페이스'에 소속된 연예인들은 전부 영화배우와 탤런트뿐이었으니 드라마 PD라면 몰라도 예능 PD까지 알기는 힘들 것이다.

더군다나 복면가왕에는 지금까지 '페이스' 소속 연예인이 나오지 않았기 때문에 접점조차 없었다.

그럼에도 이승환은 자신이 다시 한 번 정체를 밝히자 금방 목소리가 부드럽게 변하며 정중하게 용건을 물어왔다.

현재 '페이스'는 강도영으로 인해 대한민국 넘버 3 안에 들어갈 정도로 급격하게 위상이 커진 회사였지만 그의 정체를 확인한 이승환의 목소리에는 전혀 건조함이 담겨져 있지 않았다.

―아이고, 몰라 뵈어서 죄송합니다. 복면가왕은 저도 즐겨 보는 프로그램이죠. 그런데 무슨 일로 저에게 전화를…….

"물어볼 게 있어서요."

―말씀하시죠.

"방금 전 자기가 강도영이라며 전화가 한 통 왔었습니다. 그래서 전화드린 겁니다. 전화를 한 사람은 자기가 강도영이 맞다면서 저희 프로그램에 출연하고 싶다더군요. 혹시 아시고 계신지 궁금해서요."

―도영이가 복면가왕에 말입니까?

"회사 쪽에서 오늘 중으로 전화가 올 거라고 했지만 기다릴 수가 있어야죠. 그래서 전화드렸습니다."

―하하하… 어떤 사람이 피디님께 장난 전화를 한 모양이네요. 도영이는 지금 차기작을 준비하느라 정신이 없습니다. 더군다나 도영이는 노래도 못하는걸요.

"…그렇군요. 괜한 전화드려서 죄송합니다."

석의단이 통화 종료 버튼을 누르고 헛웃음을 지으며 핸드폰을 소파로 던졌다.

아무래도 시청률이 떨어지면서 자신이 미친 모양이었다.

제42장
몬테크리스토 백작Ⅱ

　서현탁은 회사로 가자는 강도영의 말을 듣고 고개를 갸웃거렸다.

　오늘은 신사복 광고의 화보 촬영이 있기 때문에 오후에는 압구정동에 가는 것으로 계획되어 있었다.

　"회사는 왜 가냐?"

　"일이 있어."

　"무슨 일?"

　"현탁아, 나 복면가왕 나간다."

　"얼씨구, 농담하지 마, 인마. 네가 거길 왜 나가?"

"우리 부모님이 그 프로그램 팬이시거든."

"환장하겠네. 그럼 지금 회사 가는 게 그것 때문이야?"

"응, 내가 이미 거기 피디한테 전화해 놨어. 사장님이 못 나가게 말릴까 봐 먼저 선수 쳐놨다."

"너 혼자 가라."

"왜?"

"난 못 가. 사장님 화나면 진짜 무서워. 그 양반, 옆에서 뭐 했냐고 날 잡아먹으려고 할 텐데 미쳤냐? 내가 거길 가게."

"이 여우 같은 놈아. 죽어도 같이 죽고 살아도 같이 살아야지!"

"그건 사고 친 놈이 옆에 없을 때 얘기지. 난 혼자라도 살란다. 나는 처자식이 있는 놈이야."

"그래서 정말 안 들어가겠다고?"

강도영이 눈을 부릅뜨자 서현탁이 길게 한숨을 흘려냈다.

자신도 이해하지 못할 정돈데 이승환은 오죽할까. 그래도 강도영이 이렇게 나오자 마음이 약해졌다.

"너, 목은 정말 괜찮은 거지?"

"아주 생생해. 오히려 아프기 전보다 훨씬 좋은 것 같아. 너도 들어봤잖아."

"그건 그런데… 아 이 씨발, 왜 자꾸 몸이 으슬으슬하고 떨리지?"

"지랄한다."

"좋아, 그럼 같이 죽자. 대신 너부터 죽은 다음에 내가 죽을 테니까 절대 나를 앞에 세우지 마라."

"푸하하, 착한 놈 같으니라고. 사장님은 내가 구워삶을 테니까 넌 옆에서 맞장구나 치고 있어."

"맞장구는 무슨, 그랬다가는 나부터 죽겠다."

"그동안 고생했으니까 유흥 삼아 나가는 것도 재밌을 것 같아. 하루 정도 놀다 오는 거는 사장님도 허락해 주시지 않겠어?"

*   *   *

서현탁은 사무실에 들어선 후부터 강도영의 뒤를 졸졸 따라갔다.

약속한 대로 강도영부터 죽은 다음에 따라 죽겠다는 심산이었다.

이승환은 강도영이 불쑥 문을 열고 들어서자 자리에서 벌떡 일어나며 소리부터 질렀다.

"너, 오늘 압구정 가는 날이잖아. 그런데 여긴 왜 왔어?"

"사장님 보고 싶어서 왔죠."

"사기 치지 마라. 네가 갑자기 오면 겁부터 나. 사고 친 건 아니지?"

"어떻게 아셨어요?"

"헉, 무슨 사고 쳤는데?"

강도영과 서현탁이 소파에 앉는 걸 지켜보던 이승환이 허리를 바짝 세웠다.

농담으로 한 말을 강도영이 즉시 진담으로 받아들이자 갑자기 긴장감이 확 몰려들었기 때문이다.

'페이스'의 간판이자 대한민국 최고의 슈퍼스타인 강도영이 뭔가 사고를 쳤다면 회사 전체가 휘청거릴 수도 있었다.

하지만 강도영의 얼굴은 평온할 뿐이었다.

"오늘 제가 복면가왕 피디한테 전화를 했어요. 거기에 출연하고 싶다고."

"얼씨구!"

강도영의 말을 들은 이승환이 황당하다는 표정을 지우지 못했다.

기가 막혀 말이 나오지 않았다.

어쩐지 생판 처음 보는 PD 놈이 아침부터 뚱딴지같은 소리를 하며 전화를 해온 게 이상하다 했다.

"얘가 갑자기 무슨 뚱딴지같은 소리야. 너 같은 슈퍼스타가 거길 왜 나가. 혹시 누구 부탁받은 거냐?"

"아뇨."

"그럼 왜?"

"저희 부모님한테 보여 드리고 싶어서요. 아버지하고 엄마가 복면가왕 광팬이거든요."

"아이고……."

자신을 빤히 쳐다보는 강도영의 눈을 확인한 이승환이 곡소리를 냈다.

복면가왕은 정말 강도영에게 아무런 도움도 되지 않는 프로그램이었다.

물론 다른 프로그램도 마찬가지겠지만 특히 복면가왕은 강도영에게 독이 될 수밖에 없었다.

복면가왕은 비록 마스크를 쓰고 나오지만 근본적으로 음악을 다루는 프로그램이기 때문에 노래 실력이 없는 상태에서 오직 유명세만 가지고 강도영이 거기에 나갈 경우 자칫 이미지에 커다란 손상을 입을 수도 있었다.

"도영아, 다시 생각해 봐라. 너도 알겠지만 거긴 노래 잘하는 놈들만 나가는 곳이야. 괜히 창피만 당할 수 있단 말이다."

"도영이가 노래는 제법 하는데요."

이승환의 말에 그동안 망부석처럼 앉아 있던 서현탁이 불쑥 나섰다.

그러자 이승환이 그를 향해 레이저 광선을 쐈다.

그렇지 않아도 강도영을 말리지 않은 것 때문에 잔소리가 목구멍까지 올라온 상태였는데 서현탁은 스스로 자살골을 넣고 있었다.

"야! 넌 옆에서 뭐 했어. 도영이 말리지 않고!"

"말렸죠. 그런데 얘가 제 말을 듣나요. 정말입니다, 사장님. 전 죽기 살기로 말렸습니다."

같이 죽겠다더니 서현탁이 단박에 꼬리를 자르고 제 살길을 찾았다.

그 모습에 강도영의 입에서 비실비실 웃음이 새어 나왔다.

"가서 하루 놀다 올게요. 그러니까 사장님이 피디하고 통화해서 스케줄 좀 잡아주세요."

"넌 음치잖아."

"아닌데요."

"그럼 그동안 나한테 말한 건 뭐야. 회식 때도 노래 못 부른다고 꽁무니 뺀 건 다른 사람이니?"

"그땐 목이 아파서 그랬죠. 지금은 좋아져서 괜찮아요."

"미치겠네. 나 요새 갱년기 와서 잠을 잘 못 자. 너까지 이러면 나 얼마 못 산다."

"잘할 테니까 걱정하지 마세요."

"정말 창피당하지 않을 자신 있는 거야?"

"그럼요."

*　　　　*　　　　*

석의단은 미친놈처럼 사무실을 뛰어나가 엘리베이터 있는 곳으로 향했다.

대박.

이승환이 전화를 걸어 와 강도영이 출연하겠다는 연락을 해온 건 5분 전의 일이었다.

전화를 끊자마자 총알같이 사무실을 뛰어나와 국장실을 향해 달려갔다.

헐떡거리며 15층에 도착해서 문을 박차고 들어가자 비서가 눈을 휘둥그레 뜨는 것이 보였다.

"헉헉… 국장님은?"

"지금 회의 중이세요. 방금 시작해서 꽤 기다리셔야 될 것 같은데요?"

"무슨 회의지?"

"해외 촬영 때문에 '오늘은 뭐 먹지' 팀이 들어갔어요."

"알았어."

석의단이 비서에게 말을 듣자마자 고개를 좌우로 꺾은 후 국장실의 문을 두드렸다.

안에서 국장과 신연호 PD가 열띤 토론을 하는 게 들렸으나 그는 무작정 국장실로 밀고 들어갔다.

"뭐냐?"

국장이 말했으나 5명의 '오늘은 뭐 먹지' 팀이 동시에 석의단을 향해 황당한 시선을 던졌다.

특히 고참인 신연호 PD는 인상을 잔뜩 쓰면서 불쾌한 기색까지 보이고 있었다.

그러든 말든 석의단은 국장을 향해 불쑥 입을 열었다.

"국장님, 급한 일입니다."

"전쟁 났냐? 뭔데 헐떡거리고 뛰어왔어?"

"회의는 나중에 하시고 제 말 먼저 들으시죠. 정말 비상사태닙니다."

"허어, 거참……"

경험이 많은 늑대가 정말 무서운 건 중요한 순간을 정확히 집어낸다는 것이었다.

국장도 늑대였지만 옆에 앉아 있던 신연호도 그에 못지않을 정도로 방송 경력이 화려한 사람이었다.

슬쩍 자신에게 국장의 시선이 돌아오자 신연호가 팀원들을 이끌고 국장실을 빠져나간 건 석의단이 가져온 비상사태의 중요성을 충분히 인지했기 때문이다.

사람들이 모두 나가자 국장이 먼저 입을 열었다.

석의단이 이 정도로 앞뒤 가리지 않고 들이닥친 건 충격적인 소식이 있다는 뜻이기에 그는 더 이상 궁금증을 참지 못했다.

"자, 이제 말해봐. 뭐 때문에 이 난리를 피웠는지?"

"국장님, 강도영이 저희 프로그램에 출연하겠다는 전화를 해왔습니다."

"미친놈, 요즘 끙끙거리더니 기어코 네가 미쳤구나."

"정말입니다. 다음 방송에 출연하게 해달라고 페이스의 사장이 직접 요청을 해왔어요."

"그거… 정말이야?"

"저도 아침에 강도영이 직접 전화를 해왔을 때 장난 전화인 줄 알았습니다. 그런데 10분 전에 페이스의 이승환 사장이 출연 여부를 타진해 왔습니다."

"누가 움직인 거지? 혹시 네 작품이냐?"

"그럴 리가요. 제가 나와달라 부탁해도 걔들이 들을 놈들입니까? 지가 먼저 전화해 온 거예요."

"도대체 이게 뭔 소린지 모르겠네. 그래서?"

"무조건 나오라고 했습니다. 스케줄 잡아서 최대한 빨리 주겠다고 했어요."

"난 어제 술 마시고 자서 아무런 꿈도 못 꿨다. 혹시 네가 용꿈 꿨냐?"

"저는 개꿈 꿨는데요."

"푸하하하… 이 자식아, 아무래도 너네 조상님이 너를 돌보고 계신 모양이다."

국장이 통쾌하게 웃음을 터뜨리며 석의단의 어깨를 두들겼다.

그는 갑자기 찾아온 로또 당첨을 뒤늦게 확인하고 기뻐죽겠다는 표정을 짓고 있었는데 긴장이 되었는지 손을 자꾸 떨어대고 있었다.

"어쩔까요?"

"지금부터 이 사실은 너하고 나만 아는 걸로 하자. 특급 비밀로 취급하란 말이야. 스태프를 포함해서 어떤 놈들한테도 절대 말하면 안 돼. 무슨 말인지 알았어?"

"그래도 김성준한테는 가르쳐 줘야 되지 않겠습니까. 사회자는 알아야죠."

"걔한테는 녹화 전에 귀띔해 주란 말이야. 그리고 페이스 쪽에도 비밀 유지 확실하게 부탁해 놔."

"알겠습니다."

"씨발, 오랜만에 사장 앞에서 큰소리 칠 수 있겠다. 석 피디, 오늘 내가 술 살 테니까 강남 쪽에 좋은 곳으로 예약해 놔. 그동안 수고한 보상이다."

*   *   *

강도영은 복면을 만지작거리며 쓴웃음을 지었다.

방송사에서 준 복면은 몬테크리스토 백작의 얼굴이 담겨 있었는데 수염이 달려 있었지만 조금은 우스꽝스러운 형태였다.

"이왕이면 좀 멋있게 만들어주지."

"원래 방송사에서 만든 복면은 다 그래. 그러니까 툴툴대지 마라. 네가 자초한 건데 누굴 원망하겠어."

"현탁아, 그래도 재밌을 거 같지 않냐?"

"흐흐… 재밌을 거 같긴 해. 복면 쓴 채 상대가 누군지도 모르면서 노래하는 거잖아. 그런데 네 짝이 여자라며?"

"그렇다네."

"조심해, 연습하다가 정체 들통 나지 말고."

"복면 쓰는데 누가 날 알아봐. 걱정하지 마라."

"그냥 하는 소리 아니야. 방송사에서 신신당부했다고. 그쪽도 네 정체에 대해서 일급 비밀로 취급한다더라."

"알았어, 인마."

"다 왔네. 난 못 따라가니까 너만 들어가야 해. 방송사에서 나는 코빼기도 비추지 말라고 했어."

"탄로 날까 봐?"

"크크크… 이젠 너 따라다니다가 나도 꽤 유명해져서 알아

보는 사람들 많아. 더군다나 나도 광개토대제 때문에 언론에
몇 번 나왔잖냐."

"허이구."

사실이다.

광개토대제에서 익살스러운 병사로 출연했던 서현탁은 주
제넘게 영화 잡지사와 인터뷰까지 했었고 각종 상을 받을 때
와 강도영 기사에 자주 동행했기 때문에 알아보는 사람이 많
았다.

강도영이 혀를 차자 서현탁이 고개를 좌우로 흔들면서 기
분 좋게 웃음을 흘렸다.

"연습은 5시까지 잡혀 있으니까 그때 맞춰서 올게."

"어디 가려고?"

"우리 딸하고 놀다 올 거다."

"이 자식이, 근무 시간에 집에 간단 말이야?"

"그럼 어떡해. 코빼기도 보이지 말라는데. 어험, 사람이 착
하게 사니까 이렇게 휴가도 얻고 그러는 거 아니겠어?"

"지랄한다. 늦지 않게 와. 기다리게 하지 말고."

"알았다."

*　　　　*　　　　*

서현탁은 방송사에서 준비해 놓은 연습실에 강도영을 떼어 놓고 총알같이 도망을 갔다.

대신 그를 따라온 것은 '페이스'에서 이번에 새로 뽑은 신입 매니저였는데 얼마나 긴장했는지 제대로 걸음조차 걷지 못했다.

복면을 쓰고 연습실로 들어가자 늘씬한 몸매의 여자가 대기실에서 기다리고 있는 게 보였다.

여자의 얼굴을 가린 복면에는 나비가 그려져 있었다.

"늦어서 죄송합니다."

"어머, 아니에요. 저도 금방 왔는걸요."

그가 들어오는 걸 멍하니 지켜보던 여자가 깜짝 놀라며 손을 흔들었다.

그녀는 완벽한 몸매의 남자가 다가오자 자신도 모르게 자리에서 벌떡 일어났는데 꽤나 놀란 눈치였다.

복면가왕에서 그녀는 나비부인이었고 실제로는 현재 인기를 얻고 있는 걸 그룹 '로즈마리'의 리드 싱어 이은성이었다.

두 사람이 인사하는 순간 옆에서 머리를 빡빡 민 곰 같은 사내가 걸어왔다.

"안녕하세요, 저는 복면가왕 편곡을 담당하고 있는 신세원입니다. 두 분의 노래 연습을 도와 드릴 거니까 오늘은 저한테 시간을 맡겨주시면 고맙겠어요."

"잘 부탁드립니다."

"복면가왕은 여러 번 보셨죠?"

"네, 봤습니다."

강도영과 이은성이 순순히 대답하자 신세원의 표정이 환해졌다.

가끔가다 톱스타에 해당되거나 나이 든 사람들은 불퉁거리며 애를 먹였는데 이 둘은 말을 고분고분 듣는 걸 보니 신인인 게 분명했다.

"첫 곡은 경쟁 곡이니까 같이 연습해야 돼요. 두 번째와 세 번째 곡은 솔로 곡이라서 혼자 하시면 되구요. 제 역할은 경쟁 곡까지니까 나머지 곡들은 편곡이 완성되는 즉시 저한테 보내 주시면 됩니다. 최종 리허설에 반주를 맞춰놔야 되니까요."

"경쟁 곡은 뭐죠?"

"안으로 들어가시면 알려 드릴게요."

신세원이 빙긋 웃으며 먼저 연습실로 걸어가자 두 사람이 그 뒤를 따랐다.

연습실 안에는 두 명의 기타리스트와 드럼, 건반을 맡은 연주자들이 대기하고 있었는데 이 일에 이골이 났는지 강도영과 이은성이 들어서며 인사를 했어도 고개만 까닥하고 자기 볼 일을 보느라 바빴다.

신세원의 입이 다시 열린 것은 연주자들이 자리를 잡고 준비를 마친 후였다.

"두 분의 경쟁 곡은 브랜드 뉴 데이의 마스카라입니다. 아시죠?"

"…저는 알아요."

그의 질문에 강도영의 눈치를 보던 이은성이 대답을 했다.

그 모습을 보면서 강도영이 고개를 갸웃거렸다. 워낙 노래를 좋아했기 때문에 웬만한 노래는 다 알지만 마스카라는 생소했기 때문이다.

하지만 당혹스럽지는 않았다.

"일단 들어보겠습니다. 어떤 노랜지 들어보면 알 수도 있을 것 같네요."

"그럼 일단 음악을 들려 드리고 시작할게요. 여기 악보 먼저 받으시고 헤드폰을 끼세요."

신세원이 손에 들고 있던 악보를 전해주고 전면에 있는 헤드폰을 가리켰다.

강도영은 그가 준 악보를 받아 든 후 헤드폰을 들어 올려 귀에 올렸다.

조금 있다가 음악이 흘러나오자 그의 얼굴에서 작은 미소가 배어 나왔다.

추측이 맞았다.

이 노래는 꽤 오래전의 노래였지만 한때 커다란 인기를 얻었던 걸 그룹의 대표곡이었다.

"백작 님, 아시겠어요?"

"예, 조금만 연습하면 따라 부를 수 있을 것 같습니다."

"그럼 됐네요. 다시 말씀드리지만 저는 경쟁 곡의 노래만 담당합니다. 제가 알기로 방송국에서 이 노래를 부를 때 댄스가 따라붙었어요."

"그게 무슨 말씀이시죠?"

"각 팀마다 무작위로 곡을 주면서 특성을 부여하는데 두 분한테 주어진 곡의 테마는 댄스였습니다. 그래서 곡 연습이 끝나는 대로 안무 담당 선생님이 오실 거예요."

"그건 처음 듣는 말이네요."

강도영이 얼굴을 찌푸렸다.

복면으로 가려져 있었지만 목소리에서 그의 마음이 불편하다는 게 단박에 나타났다.

연습 시간이 너무 오래 잡혀 있는 게 이상하더니 댄스 연습 시간까지 포함된 모양이었다.

하지만 신세원은 그런 것에 신경 쓰지 않고 자신이 할 말만 했다.

"자, 그럼 연습 들어가겠습니다."

*　　　　*　　　　*

마스카라는 신세원의 말대로 댄스곡이다.

바람피운 남자를 떠나보내는 여자의 슬픔이 담겨 있으나 경쾌한 멜로디가 곡 전반부를 차지하고 있어 댄스가 따라붙는 게 자연스러웠다.

노래는 어렵지 않았지만 가창력이 없으면 곡 소화가 쉽지 않았다.

강도영은 이은성의 노래 실력을 들은 후 감탄을 했다.

이 정도의 노래 실력이라면 나비부인은 가수일 가능성이 무척 컸다.

강도영은 그녀의 노래 실력이 돋보일 수 있도록 파트를 나눌 때 다운 파트를 하겠다고 자청했다.

어차피 자신은 1회전에서 탈락할 계획이었다.

곡을 하나만 준비한 것도 1회전에 탈락하라는 이승환의 협박과 광고 촬영 스케줄이 겹쳐 있었기 때문이다.

복면가왕에 출연하기로 결심한 것은 부모님을 즐겁게 하기 위함이었지 가왕을 꿈꿨기 때문은 아니었다.

설혹 가왕을 꿈꿨다 해도 자신의 실력으로 가왕이 된다는 것은 헛된 꿈에 불과한 것이라 생각했다.

자신은 오랫동안 노래 대신 연기를 했고 목소리가 나은 후에도 기껏 집에서 기타를 치며 흥얼거린 게 전부였다.

옆에서 노래를 하고 있는 나비부인만 봐도 알 수 있었다.

나비부인은 마스카라를 부른 브랜드 뉴 데이의 멤버들 못지않게 훌륭한 가창력을 보여주었는데 노래를 부르면서 자연스럽게 댄스까지 곁들였다.

그러나 강도영보다 더 놀란 건 나비부인과 신세원이었다.

잠시 휴식 시간에 신세원이 반주 팀 쪽으로 가서 뭔가 이야기를 할 때 나비부인은 감탄을 숨기지 못한 채 강도영을 바라보고 있었다.

"저기… 백작 님, 가수 맞으시죠?"

"하하, 아닙니다."

"거짓말. 그렇게 노래를 잘하는데 가수가 아니란 말이에요?"

"정말 아니에요."

"그럼 뭔데요, 뭐 하는 분이세요?"

"그건 비밀로 하라고 했잖아요. 정체가 탄로 나면 큰일 난다고 말하지 말랬어요."

"우리끼린데 뭐 어때요. 그러지 말고 가르쳐 주세요."

"하하하……."

강도영이 유쾌하게 웃었다.

나비부인의 행동으로 봤을 때 아직 어린 여자임이 분명했다.

쪽 빠진 몸매, 말투, 그리고 행동을 종합해 봤을 때 이 여자는 걸 그룹 멤버일 가능성이 컸다.

그랬기에 강도영은 그녀를 향해 불쑥 입을 열었다.

"걸 그룹 멤버죠, 그룹 이름이 뭐예요?"

"로즈마리… 헉, 그걸 어떻게 아셨어요? 어머, 비밀로 하라고 했는데 큰일 났네."

"이름은 물어보지 않았으니까 괜찮아요."

"제 정체를 알았으니까 백작 님도 가르쳐 줘요. 아, 궁금해서 미치겠어요."

"안 돼요. 안 가르쳐 줄 거예요."

"히잉, 너무해요. 그럼 왜 떨어지려고 하는 거죠? 백작 님 실력이면 충분히 2라운드에 올라갈 수 있는데 왜 그러는 거예요?"

그녀도 이미 눈치를 챈 모양이다.

가창력을 살릴 수 있는 부분을 그녀에게 거의 다 양보한 강도영의 태도는 경쟁에서 지려고 작정한 짓이었다.

이 정도의 실력을 가진 가수가 일부러 경쟁에서 진다는 것은 있을 수 없는 일이었다.

"우리 사장님이 1라운드에 떨어지고 오랬어요. 바쁜데 한가하게 놀지 말라고."

"말도 안 돼. 그런 노래 솜씨를 가졌는데 그러는 게 어디 있어요. 남들은 조금이라도 더 화면에 잡히지 못해서 난리잖아요."

"그러게 말입니다."

강도영이 피식 웃으며 그녀의 말에 맞장구를 쳤다.

하지만 그녀가 모르는 게 있었다.

강도영은 마스카라를 부르면서 제 실력의 반도 내비치지 않았다.

근본적으로 고음 파트를 대부분 양보했기 때문에 자연스럽게 노래 실력이 감춰졌고 강도영 스스로도 그녀의 노래가 돋보이도록 화음에 주력했기 때문이다.

노래가 어느 정도 마무리되자 먼저 와서 기다리던 안무가가 두 사람에게 춤을 가르쳤다.

이은성은 걸 그룹 출신답게 몸놀림이 유연했고 금방 춤을 습득했는데 막상 춤을 추자 팔다리의 움직임과 몸의 그루브에 섹시함이 그득했다.

*   *   *

"네가 봤을 때 저 친구 정체가 뭔 것 같냐?"

"글쎄요."

춤을 추고 있는 강도영을 바라보며 신세원이 묻자 기타리스트 안국영이 고개를 갸웃거렸다.

도무지 정체를 파악하기가 어려웠다.

편곡만 20년을 하면서 대부분의 유명 가수들은 전부 만나 봤지만 몬테크리스토 백작의 정체는 도무지 짐작이 되지 않았다.

반면에 나비부인의 정체는 만나자마자 짐작할 수 있었다.

정확하게 누구라고 딱 집어내지는 못하지만 나비부인은 거의 100% 걸 그룹 멤버가 확실했다.

그건 지금 춤을 추고 있는 것만 봐도 알 수 있었다.

전문적으로 춤을 배우지 않았다면 저 정도 수준의 춤을 단시간 내에 습득하는 건 불가능에 가까운 일이다.

신세원이 안국영을 향해 자꾸 말을 시키고 있는 건 강도영의 정체가 시간이 갈수록 궁금해졌기 때문이다.

고수다. 그것도 엄청난.

처음 마스카라를 따라 부를 때만 해도 어디서 노래 좀 했을 거란 생각을 했지만 완벽하게 곡조를 익히고 가사가 외워지자 몬테크리스토 백작의 노래에 풍부한 감성이 담겨지기 시작했다.

더욱 그를 미치게 만든 건 대부분의 절정 파트를 나비부인에게 양보했는데도 몬테크리스토 백작의 존재감이 조금도 위축되지 않는다는 데 있었다.

"네가 봤을 때 어땠냐?"

"제대로 안 하는 것 같았습니다. 아무래도 저 친구, 방송사에서 비밀 병기로 내놓은 것 같아요. 그래서 정체를 숨기려고 대충 부르는 거 아닐까요?"

"그건 아냐. 가왕 도전자로 방송사에서 정한 놈은 따로 있어. 목소리만 들어도 딱 알겠더라. 이번 가왕 도전자는 유명훈이야. 어제 왔던."

"아… 걔가 유명훈이었어요?"

"그래, 저 딴에는 정체를 숨기려고 대충 불렀지만 어제 오후에 왔던 날쌘돌이가 유명훈이었어."

유명훈은 현 가왕을 차지하고 있는 김주열에 비해 절대 떨어지지 않는 가창력을 지닌 가수였다.

다른 점이 있다면 유명훈이 발라드 계열이고 김주열이 록 계열이란 차이가 있을 뿐이었다.

그러고 보면 방송국 측에서는 연일 강수를 두고 있는 셈이다.

안국영이 불쑥 입을 연 건 나비부인 못지않게 매력적인 춤을 선보이고 있는 강도영을 보고 난 후였다.

"그럼 쟤는 뭐죠?"

"야, 내가 먼저 물었잖아. 그걸 나한테 물으면 어쩌라는 거냐!"

*　　　　*　　　　*

최종 리허설 장면을 지켜보는 석의단의 표정이 잔뜩 어두워졌다.

끝내 강도영이 나타나지 않았기 때문이다.

광고 촬영 때문에 최종 리허설이 어려울지도 모른다고 하더니 기어코 모습을 보이지 않았다.

이제 녹화 시작까지 남은 시간은 단 3시간.

앞으로 2시간 후부터는 방청객들이 입장을 시작할 것이다.

국장이 사장 주재 회의를 마치고 부랴부랴 달려온 것은 강도영이 최종 리허설에 참여하지 않았다는 소식을 들었기 때문이다.

"연락 없었어!"

"조금 전에 페이스 쪽에서 전화 왔습니다. 녹화 전까지 올 수 있다네요."

"이 새끼들이 방송을 물로 보는 거야, 뭐야! 리허설도 안 하고 무대를 오른단 말이야?"

"일단 신세원의 말로는 경쟁 곡을 완전히 소화시켰답니다. 그러니까 방송 사고는 나지 않을 것 같습니다."

"두 번째 곡은?"

"일단 편곡을 보내 와서 반주는 준비시켜 놨어요. 하우스 밴드가 강도영 없이 리허설을 했습니다."

"아이고, 사장님한테 자랑 질을 엄청 했는데 이게 웬 날벼락이냐. 그 자식은 1라운드 탈락할 거라면서?"

"예, 워낙 바쁜 놈이잖아요."

"그럼 1라운드에서 왕창 분량 뽑아야 되잖아. 장기 자랑이나 뭐 이런 건 어떻게 됐어?"

"아무래도 어려울 것 같습니다."

"씨발, 환장하겠네."

"국장님, 참으시죠. 그놈이 나와주는 게 어딥니까. 얼굴만 보여줘도 관객들하고 시청자들이 까무러칠 겁니다."

*　　　*　　　*

김성준이 복면가왕의 MC를 맡은 것은 시즌 1부터였다.

아나운서부터 시작해서 프리랜서로 전향한 그는 화려한 말발로 프로그램 진행에 있어서 대한민국 탑을 달렸는데 얼마나 언변이 좋았는지 중요한 스포츠 중계의 캐스터까지 맡을 정도였다.

프로그램의 진행에 관한 시나리오는 대부분 작가들의 머리에서 나온다.

출연자들의 특성에 맞게 장기 자랑을 기획하고 질문할 것들도 대부분 작가들이 대본으로 작성하지만 프로그램을 매끄럽게 진행하는 것은 MC의 몫이다.

JYN에서 비싼 돈을 지불하며 김성준을 기용한 것은 그의 화려한 애드립과 조크의 수준이 시청자들을 배꼽 잡게 만들기 때문이었다.

김성준은 녹화 이틀 전 출연자들의 정보와 대본을 확인하고 미리 자신이 해야 할 역할에 대해서 꼼꼼하게 체크하며 추가해야 할 것들에 대해서 메모를 하다가 이상한 점을 발견했다.

마지막 출연자인 몬테크리스토 백작에 관한 정보가 빈칸으로 남아 있었던 것이다.

이런 놈들 봤나.

가뭄에 콩 나듯이 신상 정보를 잘못 적거나 사소한 실수를 하는 경우가 있었지만 이렇게 통째로 빼먹은 적은 한 번도 없었기에 김성준은 급히 핸드폰을 들었다.

부랴부랴 피디에게 연락해서 마지막 출연자에 대한 정보가 누락되었다는 말을 하자 석의단이 어정쩡한 태도를 보이며 녹화 당일 날 주겠다는 말만 남기고 전화를 끊었다.

그의 태도에 어이가 없어서 한동안 멍하니 핸드폰만 쳐다봤다.

하지만 그는 곧 눈빛을 세우며 자세를 바로 했다.

사전에 출연자에 대한 정보를 주어야 진행을 원활하게 할 수 있다는 걸 누구보다 잘 아는 피디가 이런 말을 할 때는 뭔가 사정이 있다는 뜻이기 때문이었다.

녹화 당일이 되어 그가 공개홀에 도착한 것은 녹화가 시작되기 2시간 전이었다.

김성준이 공개홀의 대기실로 들어서자 담당 피디 석의단이 부랴부랴 달려오는 것이 보였다.

그의 손에는 종이가 한 장 들려 있었는데 얼마나 뛰어다녔는지 온몸이 땀으로 흥건하게 젖어 있었다.

"석 피디, 그 꼴이 뭐야. 왜 그래?"

"씨발, 그럴 일이 있었어. 이거 받아라."

"그게 뭔데?"

"몬테크리스토 백작."

석의단이 종이를 내밀자 김성준의 손이 번개같이 움직였다.

김성준이 아는 석의단은 누구보다 철저한 사람이었다.

프로그램을 구성하는 데 조금의 빈틈을 보이지 않았기 때문에 시즌 1부터 호흡을 맞춰올 동안 방송 사고를 낸 적이 한 번도 없었다.

프로는 프로를 알아보는 법이고 성격마저 그와 비슷했기

때문에 나이가 같다는 핑계로 친구가 된 지 3년도 넘었지만 이런 일은 처음이다.

김성준의 손이 부르르 떨리기 시작한 것은 종이에 적힌 출연자의 이름을 확인한 후부터였다.

"이거 정말이냐?"

"그래. 그래서 알려주지 못한 거야. 윗선에서 일급비밀로 취급하라는 지시를 내렸거든."

"아무리 그래도 그렇지 나한테까지 숨기는 게 어디 있어!"

"미안해. 알잖아, 요즘 윗대가리들이 예민한 거."

"좋아, 그건 그렇고 이 새끼가 여긴 왜 나온 거냐?"

"그건 나도 몰라. 상세한 얘기는 안 해주더라. 우린 그저 던진 미끼를 덥석 물었을 뿐이야. 그 덕에 잘못되면 좆 될지도 모르지만."

"답답하게 만들지 말고 자세하게 말해봐!"

"그놈 최종 리허설에 나오지 않았어. 광고 찍느라고 정신없다면서 녹화 때나 나오겠다고 하더라. 그래서 노래 실력이 얼마나 되는지 볼 수 없었다."

"세원이는 뭐라는데?"

"제법 한다더라. 가수로 알더라고."

"그럼 노래를 잘한다는 거잖아?"

"그놈, 뻥이 심해서 믿을 수가 있어야지. 하여간 네가 오늘

잘해줘야 되겠다."

"뭘로 잘해. 아무런 정보도 안 줬으면서?"

"야, 그래서 출연료 많이 주는 거 아니냐. 너의 그 화려한 말발로 어떻게 좀 해보란 말이야. 정 안 되면 춤이라도 추게 만들어."

"지랄한다, 그 자식이 안 하면?"

"아우, 난 모르겠다. 하여간 오늘 녹화는 전부 너한테 달렸으니까 알아서 해. 말아 먹든지 삶아 먹든지 네가 알아서 하란 말이야!"

*   *   *

출연하는 사람의 면면은 오직 스태프들과 진행을 맡은 김성준만 안다.

패널로 참석하는 연예인들은 출연진에 대해서 전혀 정보를 받지 못했는데 백지 상태에서 정체를 추측하는 재미를 시청자들에게 보여주기 위함이었다.

하지만 웬만한 가수들의 정체는 금방 밝혀진다.

패널의 진행을 맡은 개그맨 김구영은 오랫동안 라디오 DJ와 음악 프로그램을 진행한 전력이 있었고 패널로 참여하는 작곡가 민정호와 현재 음악 프로덕션을 운영하는 작곡가 겸 가수

신현무, 20년차 베테랑 가수인 윤덕진은 아무리 출연 가수가 정체를 숨기기 위해 노력해도 금방 정체를 알아챌 수 있는 능력을 갖추고 있었다.

다른 출연자들도 마찬가지였다.

패널로 참여하는 아이돌과 걸 그룹 멤버들은 물론이고 개그맨들은 위에서 언급한 음악 전문가에 비하면 능력이 떨어지지만 음악에 관한 조예가 깊었기에 출연자가 가수인지, 배우인지 금방 눈치를 챘다.

패널 진행을 맡은 개그맨 김구영은 복면가왕에서 김성준 못지않게 중요한 역할을 맡은 사람이다.

노래가 끝나고 패널들의 감상평과 출연하는 사람의 정체에 대한 토론이 그를 중심으로 돌아가기 때문에 그가 어떻게 진행하느냐에 따라 분위기가 살고 죽을 수 있었다.

관객들이 입장하는 걸 본 김구영이 뒤쪽에 앉아 있는 민정호와 신현무를 향해 슬그머니 입을 열었다.

패널로 참여하는 사람은 모두 10명인데 개그맨이 2명, 작곡가 2명, 아이돌을 포함한 가수가 4명, 미스코리아와 배우가 각각 1명이었다.

"정호 형, 오늘 분위기 이상한 거 못 느꼈어?"

"왜, 무슨 일 있어?"

"너는?"

민정호가 영문을 모르겠다는 얼굴을 하자 김구영이 신현무를 향해 다시 물었다.

　그러나 신현무도 그저 어리둥절한 표정만 지었다.

　"아까 밖에서 성준이 만났는데 얼굴이 심각하더라고. 석 피디도 죽을상을 짓고 있는데 아무래도 뭔가 있는 것 같아."

　"둘이 싸웠나?"

　"애들이냐, 싸우게."

　"그럼 뭐야?"

　"그걸 모르니까 답답하지. 성준이 이놈 아무리 물어도 대답을 안 해. 뭔가 있긴 있는 것 같은데."

　"걔가 아무리 성격 좋아도 사회 보면서 스트레스 받는 일이 없겠냐. 이 일 한두 번 하는 것도 아닌데 별일이야 있겠어?"

　"그럼 석 피디는?"

　"대가리한테 깨졌겠지. 국장 성격 대단하잖아."

　"…그런가?"

＊　　　　　＊　　　　　＊

　시간이 되자 방청객들이 자리를 꽉 채웠다.

　시즌 1 때와는 다르게 방청객의 숫자를 189명으로 늘렸기 때문에 방청객이 모두 들어오자 열기가 후끈 달아올랐다.

복면가왕의 특성은 소규모 방청객만 관람을 허락하는데 그들 모두가 평가단이기 때문에 공정한 추첨을 통해서 뽑힌 사람들만 들어올 수 있었다.

　아무리 강력한 사운드를 만들어도 공간이 넓으면 그 감동이 줄어들게 마련이다.

　대규모 홀이나 경기장에서 가창력이 하늘 끝까지 닿는다는 슈퍼스타들이 공연할 때 감동을 받지 못하는 것은 가수의 숨결과 감성이 공간의 제약에 부딪쳐 제대로 전달되지 못하기 때문이다.

　하지만 복면가왕은 다르다.

　소규모 공개홀에서 최고의 밴드와 엠프 시설이 동원되기 때문에 관객들은 가수가 전하는 감성과 호흡을 그대로 뒤집어쓸 수 있었다.

　녹화 시간이 되자 김성준이 무대로 걸어 나와 관객들 앞에 섰다.

　"안녕하십니까, 김성준입니다. 지금부터 미스터리 음악쇼 복면가왕을 시작하겠습니다."

　김구영이 본 심각한 얼굴의 김성준은 이미 그가 무대에 선 순간 찾아볼 수 없었다.

　익살스러운 표정에 이은 화려한 멘트들이 좌중을 폭소하게 만들며 복면가왕이 진행되기 시작했다.

강도영은 대기실에 앉아 화면으로 출연자들의 노래를 들으며 천천히 목을 풀었다.

그가 머무는 대기실 앞에는 스태프들이 철통같이 경비망을 풀가동하고 있었는데 마치 대통령을 경호하는 것처럼 물샐틈없었다.

시간이 흘러 앞쪽 3팀의 승자가 결정되었다.

승자들은 인어공주와 날쌘돌이, 볼링왕이었는데 금방 들어봐도 가수들이 틀림없었다.

얼굴이 잔뜩 붉어진 스태프가 문을 열고 들어온 것은 마지막 팀의 승자가 결정되고 난 후였다.

"백작 님, 나가서야 합니다. 준비해 주십시오."

"알겠습니다."

그의 말을 듣고 강도영이 자리에서 일어났다.

이미 문 앞에는 정장을 입은 남녀 두 명이 그를 에스코트하기 위해 기다리고 있었는데 늘 하던 일이었음에도 강도영이 나타나자 순식간에 긴장하는 게 느껴졌다.

그의 정체를 알기 때문이 아니라 그의 모습을 본 순간 순식간에 압도되었기 때문이다.

몬테크리스토 백작의 특색을 보여주기 위함이었던지 방송사에서 준비해 놓은 복장은 강도영의 몸매를 완벽하게 나타낼 수 있는 것이었다.

검은색 와이셔츠와 바지, 은색 조끼를 받쳐 입고 검은 가죽 롱 코트를 걸쳐 입은 그의 모습은 보는 것만으로도 감탄이 나올 만큼 매력적이었다.

제43장
몬테크리스토 백작Ⅲ

　3번째 팀 승자가 결정되고 잠시 휴식 시간이 주어지자 김구영은 물을 마시며 살짝 인상을 찌푸렸다.

　떨어진 사람들의 정체가 밝혀졌지만 방청객들의 반응이 미지근했기 때문이다.

　갈수록 출연진들의 면면이 약해지는 것 같아 걱정이 커져갔다.

　이대로라면 다음 방송에서도 시청률의 반전은 일어나지 않을 것 같았다.

　그나마 다행인 건 자신의 예상이 맞다면 날쌘돌이의 정체가 유명훈이라는 것이었다.

유명훈이라면 현재의 가왕과 막상막하의 접전을 펼칠 거란
생각이 들었다.

새로 나온 미스코리아 출신 이수연이 슬그머니 말을 붙여
온 것은 그가 물을 다 마시고 다음 순서에서 자신이 할 말을
정리하고 있을 때였다.

"선배님, 고마워요."

"뭐가?"

"우리 사장님한테 선배님이 저를 여기에 출연시켜 줬다고
들었어요. 늦었지만 정말 고마워요."

"하하… 내가 한 게 아니야. 수연 씨가 저번 예능 프로그램
에 나온 모습이 너무 예뻐서 한마디 했더니 석 피디가 오케이
한 것뿐이라고."

"그게 그거죠. 하여간 나중에 시간 한번 내주세요. 맛있는
거 대접해 드릴게요."

"그러지 마. 소문나면 내가 이상한 놈 취급받아. 부담 갖지
말고 즐겁게 놀아. 수연 씨가 열심히 하면 당분간 고정이 될
수 있으니까 마음껏 끼를 발산해 봐."

"어떻게요?"

"가수들이 노래 부를 때 수연 씨가 느낀 감정을 자제하지
말고 열심히 호응하면 돼. 장기 자랑을 할 때도 마찬가지고.

괜히 내숭 떨다가는 금방 잘린다는 거 잊지 마."

"아, 알았어요. 그런데 선배님, 여기 나온 사람들 정말 너무 노래를 잘하는 것 같아요. 막 소름이 돋았는걸요."

"가까운 곳에서 들었기 때문에 그래. 처음이라 잘 모르겠지만 진짜는 2라운드부터 시작이야. 가수들이 1라운드에서는 정체를 숨기기 위해서 대충 부르거든. 아마 2라운드가 되면 진짜 깜짝깜짝 놀라게 될걸?"

"정말요? 그럼 더 기대되네요."

"다시 녹화 시작 되는 모양이다. 하여간 열심히 해."

김구영이 눈을 돌리자 그의 말대로 김성준이 무대로 나오는 게 보였다.

다른 때와 달리 김성준은 약간 흥분한 모습을 보이고 있었는데 목소리의 톤도 조금 올라가 있었다.

"다음 순서는 나비부인과 몬테크리스토 백작의 대결입니다. 과연 두 사람은 어떤 노래를 부를까요. 자, 나와주십시오."

먼저 왼쪽 문이 열리고 나온 것은 나비부인이었다.

하늘하늘한 분홍색 원피스, 연회에 갈 때 귀부인들이 입었을 법한 복장을 입은 그녀가 나타나자 남자들의 입에서 탄성이 흘러나왔다.

워낙 몸매가 예쁘고 늘씬했기 때문이다.

하지만 그 탄성은 강도영이 오른쪽 문을 열고 나타났을 때 여자 방청객들의 길고 긴 탄성에 금방 묻혀 버리고 말았다.

그건 패널석에 앉아 있던 여자들에게도 해당되었는데 미스코리아 출신인 이수연은 과장된 얼굴로 감탄을 터뜨렸다.

호들갑이란 표현은 그녀에게 어울리지 않았다.

조금 과장된 모습으로 탄성을 터뜨렸으나 미스코리아 진에 빛나는 그녀의 얼굴은 그마저도 충분히 매력적이었다.

"와아, 몸매가 너무 멋있어요. 저런 옷을 소화하는 건 정말 쉬운 일이 아닌데."

"딱 보니까 배우나 탤런트겠다."

"아니면 모델일 수도 있어요. 어쨌든 오늘 제가 운이 좋네요. 저런 출연자가 나올 줄은 정말 몰랐거든요. 이거 막 가슴이 설레는데요?"

김구영의 조언을 받았기 때문인지 이수연은 발언의 수위를 조절하지 않았다.

그녀가 한 말이 고스란히 화면을 통해 전국에 방송될 수 있다는 것을 잘 알기 때문에 그녀는 자신의 감정을 조금도 숨기지 않았던 것이다.

*   *   *

인기 걸 그룹 '트와이스' 멤버 유미진은 요즘 젊은 남자들에게 뜨거운 인기를 얻고 있는 뉴 페이스였다.

그녀가 복면가왕에 출연하게 된 것은 '트와이스'의 소속사 '미라클'의 사장인 변상훈이 JYN의 사장과 인맥이 있기 때문이었다.

벌써 5번의 녹화를 마쳤고 오늘이 6번째니까 거의 고정이나 다름없었지만 이번 녹화가 끝나면 그녀는 더 이상 출연하지 않을 계획이었다.

패널로 참여하는 것에 불과했으나 한 달에 두 번씩 정해진 날짜와 시간에 6시간 동안 몸이 묶인다는 건 스케줄의 제약이 너무 심했기 때문이다.

그녀는 복면가왕에 출연할 때마다 급격하게 인기가 치솟았다.

복면가왕에 출연하는 동안 사회자의 요청에 따라 패널석에서 춤도 췄고 근사하게 연예인들의 성대모사도 선보이며 시청자들의 커다란 박수를 받았기 때문이다.

하지만 진짜 이유는 따로 있었다.

앳된 외모에 어울리지 않는 완벽한 몸매, 그리고 남심을 홀려 버릴 듯한 보조개 파인 미소, 멋진 남자 출연자가 나올 때마다 한 치의 내숭 없이 저지른 솔직한 비명들이 그녀를 무려 6번이나 패널석에 앉게 만든 원동력이었다.

처음에는 뭣도 모르고 출연했지만 시간이 갈수록 너무나

재밌고 흥미로워 그녀는 복면가왕이 녹화되는 날을 손꼽아 기다렸다.

비록 걸 그룹에 몸을 담고 있었으나 그녀 역시 가수였기에 절정의 가창력을 지닌 가수들의 노래를 근접 거리에서 듣는다는 건 너무나 즐거운 일이었다.

오늘도 3팀의 노래를 들으며 매순간 즐거움을 감추지 못했다.

비록 1라운드에서는 경쟁 곡이기 때문에 가창력이 뿜어져 나오는 경우가 드물었지만 그 자체만으로도 충분히 즐거웠다.

앞서 벌어진 3팀의 승자들은 그녀가 봤을 때 만만치 않은 가창력을 지닌 가수들이었기에 2, 3라운드에 대한 기대는 점점 커져갔다.

마지막 4번째 팀이 출연할 때 그녀 역시 탄성을 숨기지 못했다.

여자의 몸매는 그녀가 부러워할 만큼 훌륭했지만 남자에 비하면 아무것도 아니었다.

대충 봐도 남자의 키는 185가 훌쩍 넘을 것 같았다.

더군다나 검은색 가죽 롱 코트를 입었음에도 그 몸매를 가릴 수 없었는데 걸어 나오는 자체만으로도 압도적인 마력을 뿜어내고 있었다.

연예 활동을 시작한 후 수많은 남자를 봤지만 이런 남자는 처음이었다.

복면을 쓴 상태에서 이런 포스를 뿜어낸다는 건 정말 이해하지 못할 정도로 대단한 것이었다.

이윽고 노래의 전주가 흘러나오자 두 남녀가 이상한 자세로 선 것이 보였다.

대부분 다른 팀들은 나란히 선 상태로 각자의 자리에서 노래를 시작했으나 이 팀은 여자가 남자의 뒤에 서 있었다.

그 이유는 금방 나타났다.

코러스들이 선창을 시작하자 여자가 남자의 어깨에 손을 교묘하게 걸치며 앞으로 걸어 나왔다.

"아… 마스카라!"

유미진이 자신도 모르게 소리쳤다.

브랜드 뉴 데이의 마스카라는 걸 그룹에게는 교본과도 같은 노래였기 때문에 그녀는 반주가 시작되자마자 금방 알아챘던 것이다.

나비부인의 춤이 시작되었고 그녀의 입에서 노래가 시작되었다.

절묘한 율동, 그리고 관객을 사로잡는 허스키한 목소리.

나비부인의 노래가 터져 나오는 순간 방청객에 있던 관객들이 단박에 환호성을 질렀다.

그만큼 마스카라 도입부를 부르는 나비부인의 노래에는 섹시함과 흥겨움이 담겨 있었다.

몬테크리스토 백작은 나비부인이 노래를 할 동안 팔짱을 낀 채 꼼짝도 하지 않았다.

경쟁 곡은 한 소절씩 나눠서 부르기 때문인데 유미진은 이상하게 나비부인이 노래를 부르는 동안 그의 모습에서 눈을 뗄 수 없었다.

가벼운 긴장감.

이윽고 자신의 차례가 되자 몬테크리스토 백작이 움직였다.

"와아……!"

여자들의 입에서 흘러나오는 환호성.

공개홀이 순식간에 난장판으로 변했다.

몬테크리스토 백작의 춤과 노래가 스튜디오에 울려 퍼지자 여자 관객들이 자리를 박차고 일어나 춤을 추기 시작했던 것이다.

김구영은 패널 중 5명이나 되는 여자들이 전부 벌떡 일어나 춤을 추는 걸 보면서 밝게 웃음을 지었다.

아직 앉아 있는 건 그와 작곡가 민정호, 신현무뿐이었고 개그맨 문병식과 아이돌 출신 연규혁은 여자들과 함께 춤을 추고 있는 중이었다.

역시 석의단답다.

이런 무대를 준비하기 위해 앞의 3팀을 노말하게 흘려보냈던 모양이다.

늘씬하게 빠진 나비부인과 몬테크리스토 백작은 관중들을 흥분 속으로 몰아넣었는데 마치 신나는 한 편의 뮤지컬을 보는 것처럼 역동적인 모습을 보여주고 있었다.

"정호 형, 어때?"

"잘한다."

"애들 이러다가 평가도 못 하는 거 아냐?"

김구영이 일어나 신나게 춤추는 패널들과 관객들을 보면서 걱정을 하자 민정호가 피식 웃었다.

오늘은 처음이지만 복면가왕에 고정 출연 하면서 이런 경우는 꽤 봐왔기 때문이다.

"걱정 마, 춤추면서도 볼 건 다 볼 테니까."

"여자애가 노래를 잘하네. 춤추는 걸 보면 걸 그룹 출신이겠구만."

"쟤 목소리가 귀에 익어. 아무래도 이은성인 것 같다."

"이은성? 로즈마리의 리드 싱어?"

"그래, 내가 걔들 앨범을 담당했었거든."

"남자는?"

"글쎄, 쟤는 도저히 모르겠어. 목소리도 처음 듣고 비주얼도 생각나는 놈이 없다."

"저놈도 노래를 꽤 하잖아. 춤도 잘 추고. 가수 아닐까?"

"가수 맞는 것 같다. 그런데 최선을 다하고 있지 않는단 느낌이 들어."

민정호가 몬테크리스토 백작을 바라보면서 예리하게 눈을 빛냈다.

강도영의 노래에서 뭔가 이상한 점을 발견했기 때문이다.

"뭔 소리야?"

"저놈은 지금 나비부인한테 맞춰주고 있어. 마치 떨어지기라도 작정한 것처럼 화음에 주력하고 있잖아."

"그럼 짰단 소린데 석 피디가 시킨 걸까?"

"그건 모르지."

"그것 참 이상한 일도 다 있네. 저놈 아까운데… 결국 나비부인이 이겨서 탈락하면 여자애들이 많이 아쉬워하겠다."

김구영이 입맛을 다시며 무대에서 노래를 부르고 있는 두 사람을 바라봤다.

그 역시 느끼고 있었다.

서당 개 삼 년이면 풍월을 읊는다고, 오랜 DJ 활동을 하다 보니 가수의 상태를 보는 눈이 제법 전문가 티가 났기 때문에 몬테크리스토 백작이 최선을 다하지 않는다는 게 느껴졌다.

하지만 민정호의 표정은 전혀 그의 말에 동의하지 않는 것이었다.

"결과는 몰라. 관객들 반응을 보라고, 저놈이 노래할 때마다 난리가 나잖아."

"쟤가 이길 수도 있다는 뜻이야?"

"나라면 저놈을 찍는다. 깊은 곳에서 불쑥불쑥 튀어나오는 감성이 내 심장을 움찔거리게 만들거든."

"허, 그것참."

김구영이 고개를 홰홰 저으며 다시 무대 쪽으로 시선을 돌렸다.

무대에서는 나비부인이 마지막 절정 부분을 부르고 있었는데 그 옆에서 몬테크리스토 백작은 그녀의 노래가 돋보이도록 절묘한 화음을 넣어주고 있는 중이었다.

            *   *   *

"아이고, 이쁜 자식. 애간장을 태우더니 저런 자신이 있었고만."

"그러게 말입니다."

노래가 시작되고 두 사람이 절묘하게 어울리며 춤을 추기 시작하자 국장의 긴장했던 얼굴이 천천히 풀리더니 몬테크리스토 백작의 노래를 듣고 나서는 함박웃음을 지었다.

국장이 직접 공개홀까지 나온 건 시즌 2가 시작되던 날 빼고는 이번이 처음이었다.

그만큼 그도 강도영의 출연에 초미의 관심을 두고 있었다는 뜻이었다.

"마지막에 배치한 거 정말 잘했어."

"원래 주인공은 마지막에 등장하는 거잖아요."

"이거 대박이다. 인터넷 조회수가 만만치 않겠어."

"잘못하면 생방보다 재방송 시청률이 더 나올 것 같아요. 강도영 정체가 밝혀지면 난리가 날 테니까요."

"푸하하… 생방이면 어떻고 재방이면 어떠냐. 복면가왕이 날아갔다는 게 중요하지."

국장이 방청석에서 모두 일어나 즐기고 있는 관객들을 바라보며 통쾌한 웃음을 터뜨렸다.

하지만 석의단은 그런 국장의 모습을 보면서도 따라 웃지 못했다.

"뒤가 걱정입니다. 노래가 끝나면 인터뷰를 해야 하는데 저놈 건 아무것도 준비하지 못했거든요."

"김성준을 믿어야지. 워낙 베테랑이니까 뭔가라도 시키지 않겠냐?"

"아까 녹화 시작 전에 언질은 해놨지만 강도영이 어떻게 나오느냐가 문젭니다. 놈이 김성준 말을 따라주지 않으면 이상하게 될 수도 있어요."

"지가 아무리 슈퍼스타라도 방송을 초 치지는 않을 거야. 그리고 초 쳐도 괜찮아. 저놈 복면만 벗기면 모든 게 해소될 테니까. 그나저나 강도영이 저렇게 노래를 잘했어?"

　　　　　*　　　　　*　　　　　*

노래가 끝나자 김성준이 무대로 나왔으나 관객들은 물론이고 패널들까지 쉽게 자리에 앉지 못했다.

그만큼 두 사람이 꾸민 무대가 너무나 흥겨웠기 때문이다.

그러나 김성준은 진행에 도가 튼 사람이라 사람들의 흥분을 가라앉히는 방법을 너무나 잘 알고 있었다.

"우와, 대단한 무대였습니다. 여러분 두 분에게 다시 한 번 큰 박수 부탁드립니다."

관객들이 박수를 치면서 흥분을 가라앉히자 김성준의 멘트가 매끄럽게 이어졌다.

"자, 지금부터 선택 버튼을 누르겠습니다. 여러분 준비되셨죠………. 3, 2, 1, 그만. 됐습니다. 두 분 이쪽으로 와주시겠습니까?"

관객들과 패널들의 선택이 끝내자 김성준이 두 사람을 무대의 중앙으로 불러 모았다.

"그럼 먼저 패널들의 무대 평가를 듣겠습니다."

예정된 순서에 맞추어 김구영을 시작으로 패널들이 마이크를 잡았다.

패널들의 평가는 대동소이했다.

너무나 신나는 무대였다는 것과 두 사람의 춤이 매혹적이라 정신없이 봤다는 게 주 골자였다.

걱정했던 시간이 다가온 것은 패널들의 평가가 끝나고 인터뷰가 진행되기 시작되면서부터였다.

김성준은 대본에 적혀 있는 대로 나비부인에게 장기 자랑을 시켰는데 그녀는 전혀 예상치 못했던 코믹 춤을 선보여 관객들을 웃음바다로 몰아넣었다.

패널들이 배꼽을 잡으며 그녀의 춤을 칭찬했고 김성준은 심지어 춤을 따라 하면서 흥을 돋웠기 때문에 분위기는 한껏 달아올랐다.

김성준의 표정이 슬쩍 굳어진 것은 그녀의 춤이 모두 끝나고 강도영에게 향했을 때였다.

"몬테크리스토 백작 님, 나비부인 님의 춤을 어떻게 보셨습니까?"

"저렇게 고상한 옷을 입고 그런 춤을 출지는 정말 몰랐습니다. 정말 대단한 분이신 것 같습니다."

"혹시 백작 님도 나비부인 님처럼 재밌는 춤 같은 거 출 수 있나요?"

"저는 불가능합니다. 제가 저런 춤을 출 수 있었다면 아마 우주적인 스타가 됐을 거예요."

"하하하… 그럼 이번에는 몬테크리스토 백작 님이 장기 자 랑을 할 시간입니다. 자, 시청자분들을 위해 뭘 보여주시겠습 니까?"

"글쎄요, 저는 잘하는 게 별로 없어서……."

강도영이 말끝을 흐리며 김성준과 방청석을 번갈아 쳐다봤 다.

김성준은 긴장해 있었고 방청석은 뭔가 잔뜩 기대에 찬 눈 으로 그를 주시하고 있었다.

잠시 고민하던 강도영의 입이 열린 건 김성준이 더 이상 참 지 못하고 다시 입을 열려고 할 때였다.

"그럼 잘하지 못하지만 발차기를 보여 드리겠습니다."

"발차기라면 태권도 말씀 하시는 겁니까?"

"태권도는 아니고 그저 예전에 연습했던 걸 보여 드리려고 요. 재미없더라도 예쁘게 봐주시기 바랍니다."

"특이한 장기를 보여주실 것 같습니다. 여러분 뜨거운 박수 를 부탁드립니다."

김성준이 한숨을 내리쉰 후 방청석을 향해 박수를 유도하자 강도영이 천천히 무대의 전면으로 나갔다.

하지만 김성준의 얼굴에는 불안감이 그대로 담겨 있어 누군가 봤다면 의아했을 정도로 얼굴이 붉어져 있었다.

*　　　　　*　　　　　*

미스코리아 이수연은 두 사람이 노래를 할 동안 자신도 모르게 벌떡 일어나 신나게 몸을 흔들었다.

카메라가 그녀를 향해 자주 다가왔기 때문에 더욱 열정적으로 춤을 췄는지도 모른다.

몬테크리스토 백작의 춤은 부드러움과 절도가 곁들여져 그녀의 시선을 온통 사로잡았다.

남자들에게는 나비부인의 춤이 훨씬 섹시했겠지만 그녀의 눈에는 오직 몬테크리스토 백작만 보였을 뿐이다.

노래가 주는 감흥도 남달랐다.

비록 나비부인에게 가려지고 있었으나 몬테크리스토 백작이 노래할 때마다 마구 심장이 두근거리는 걸 느낄 수 있었다.

노래가 끝나고 나비부인이 코믹 춤을 출 때는 마음껏 웃었다.

나비부인은 노래도 잘했지만 춤에 일가견을 가지고 있었는데 고상한 옷을 입은 채 막춤을 추는 모습을 보자 배꼽이 저절로 튀어나왔다.

이윽고 사회자가 몬테크리스토 백작에게 개인기를 부탁할 때 작은 긴장감을 느꼈다.

왠지 모르게 끌리는 모습.

몬테크리스토 백작은 그냥 조용히 서 있기만 해도 그녀를 두근거리게 만드는 뭔가를 지닌 남자였다.

발차기?

몬테크리스토 백작이 발차기를 하겠다며 앞으로 나오는 걸 보면서 그녀가 고개를 갸웃거렸다.

대부분 모창을 하거나 나비부인처럼 춤을 추는 경우는 많이 봐왔지만 발차기를 하겠다고 나선 사람은 몬테크리스토 백작이 처음이었기 때문이다.

하지만 그녀는 막상 몬테크리스토 백작이 무대 앞으로 나서서 몸을 움직이는 순간 입을 벌린 채 다물 수가 없었다.

검은색 가죽 코트를 날리며 휙휙 날아다니는 백작의 움직임은 정말 무협 영화에나 나오는 절대고수를 보는 것만 같았다.

뭐라 말할 수조차 없는 충격.

야성이 물씬 묻어나는 사내의 카리스마, 그리고 강인함.

그의 몸에서 풍기는 모든 것이 그녀를 충격 속에 몰아넣어 이성을 잃게 만들어 버렸다.

사회를 보던 김성준이 놀란 눈을 감추지 못하는 게 보였고 관객들도 몬테크리스토 백작이 움직이는 동안 숨을 죽이는 게 느껴졌다.

그녀가 벌떡 자리에서 일어나 몬테크리스토 백작을 향해 말을 붙이는 김성준에게 소리를 지른 건 자신도 모르게 흘러나온 진심이었다.

"사회자님, 백작 님 복면 좀 벗겨주세요. 너무 궁금해서 못 참겠어요!"

이수연의 갑작스러운 요청을 받은 김성준이 당황한 표정을 지었다.

그녀가 복면가왕에 처음 나왔다는 건 알고 있었지만 아직 승자도 결정되지 않은 상태에서 복면부터 벗기라는 제의는 황당한 것이었다.

그러나 더욱 그를 당황하게 만든 건 그녀뿐만 아니라 패널석에 있는 여자들이 대부분 이수연을 동조했고 방청석에서도 여자 관객들이 호응을 했다는 것이다.

"아… 아! 여러분 여기서 이러시면 안 됩니다. 우리가 룰이라는 게 있는데 그러시면 곤란하죠."

김성준이 관객들을 달래는 게 마치 사탕을 원하는 어린아이를 달래는 것과 비슷했다.

그는 역시 베테랑이다.

관객들의 소란이 그의 멘트로 잦아들자 즉시 다음 멘트를 이어나갔다.

"자, 지금부터 결과를 공개하겠습니다. 와우, 전혀 예상하지 못한 놀라운 결과가 나왔습니다."

"왜요, 왜요?"

김성주의 멘트에 패널석에 있던 김구영이 궁금증을 참지 못하고 버럭 소리를 질렀다.

장단이 아주 잘 맞는다.

사회자의 진행에 꿍짝을 맞춰주는 그의 진행 역시 사람들의 궁금증을 배가시키는 역할을 했기 때문이다.

"표차는 단 1표 차입니다. 패널 쪽에서는 나비부인에게 2표를 더 준 6표가 나왔습니다. 과연 결과는 어떻게 나왔을까요?"

"아, 이 사람, 정말 너무하네. 거, 사람 답답하게 만들지 말고 빨리 발표해요!"

"싫습니다. 저도 이런 분위기를 충분히 즐겨야죠. 흐흐… 결과를 혼자만 알고 있는 이 즐거움, 굉장하거든요."

"우, 우~"

김성준이 재밌다는 듯 낄낄대자 방청객 쪽에서 야유가 나왔다.

그만큼 결과가 너무나 궁금했기 때문이다.

"자, 그럼 열화와 같은 성화를 받들어 결과를 발표하겠습니다. 승자는 바로……."

*   *   *

진행석에 있던 석의단은 얼굴이 흑색으로 변해갔다.

평가단의 버튼이 눌러지는 순간, 실시간으로 결과가 집계되기 때문에 누구보다 먼저 결과를 아는 사람이 바로 그였다.

"허어, 이런 젠장……."

옆에 있던 국장이 결과를 확인하고 석의단보다 먼저 입맛을 쩍쩍 다셨다.

"이거 어쩌죠?"

"뭘 어째. 우리가 일부러 그런 것도 아니잖아."

몬테크리스토 백작이 이겼다는 김성준의 멘트가 장내를 울리자 관객들은 물론이고 패널석까지 난리가 나는 걸 보면서 국장이 고개를 절레절레 흔들었다.

가끔가다 전혀 엉뚱한 결과가 일어나는 걸 여러 번 지켜본 적이 있었지만 이번 경우는 참으로 난감했다.

페이스의 이승환이 강도영을 출연시킨다는 조건으로 1회전에서 탈락시켜 달라는 부탁을 해왔기 때문이다.

그 말을 들으며 별걸 다 걱정한다는 생각에 웃음이 삐질삐질 새어 나왔다.

아무리 노래를 잘한다 해도 배우가 노래로 밥벌이를 하는 가수를 절대 이길 수 없다는 걸 이승환은 모르고 있었던 모양이다.

그런데 이런 결과가 나왔다.

국장이 그나마 여유를 보이는 건 어쨌든 결론은 마찬가지란 생각 때문이었다.

1회전에 탈락하나 2회전에 탈락하나 별반 다르지 않다.

녹화 시간만 조금 더 걸릴 뿐이었고 지금은 저녁 8시가 훌쩍 넘었으니 스케줄 가지고 시비 걸릴 일도 없었다.

"저 자식 다음 상대자가 누구지?"

"볼링왕 이정민입니다."

"그럼 무조건 떨어지겠구만. 이정민 정도라면 유명훈하고 붙어도 쉽게 밀리지 않는 놈이잖아?"

"그렇긴 하죠."

"밴드는 이상 없지?"

"준비는 끝났지만 노래하고 맞춰보지 못해서 조금 불안합니다. 저놈이 리허설 때만 왔어도 문제가 없었을 텐데 아쉽군요."

"그것도 팔자다. 혹시 잘못돼도 다 지들 책임이니까 우리한테는 뭐라고 못 할 거 아니냐."

*   *   *

녹화는 빠르게 진행되었다.

2라운드에서 날쌘돌이가 인어공주를 꺾고 3라운드에 진출했는데 날쌘돌이는 이번 무대에서 숨겨왔던 포스를 완벽하게 드러내며 관객을 열광 속으로 몰아넣었다.

강도영은 대기실에 앉아서 멍하니 화면을 바라보았다.

대기실에는 서현탁이 오지 않았기 때문에 신입 매니저 혼자 전전긍긍하며 그의 눈치를 살피고 있었다.

정말 어이가 없는 일이 생기고 말았다.

연습 때부터 나비부인이 올라갈 수 있도록 파트를 정했고 실제로도 그녀가 돋보이도록 노래를 불렀는데 결과가 엉뚱하게 나오자 당황스러움을 숨기지 못했다.

볼링왕은 가수가 틀림없었다.

전주가 흘러나오자 노래에 임하는 자세가 1라운드와는 완전히 달랐는데 처음부터 폭발적으로 튀어나오는 고음이 압권이었다.

텔레비전 화면이나 음원을 통해 듣는 것과 비교조차 되지 않을 정도로 라이브의 위력은 대단했다.

화면을 보고 있었지만 밖에서 생생하게 들려오는 볼링왕의 육성은 가슴을 벌렁거리게 만들 정도로 웅장하게 파고들고 있었다.

문이 슬쩍 열리며 사람이 들어온 것은 그가 목을 풀면서 자신의 두 번째 곡을 흥얼거리고 있을 때였다.

"백작 님, 고생하셨어요."

"아… 어서 와요."

"호호… 어쩌죠, 배려해 주셨는데 오히려 제가 떨어져서. 계획에 차질이 생긴 거 아니에요?"

대기실로 들어 온 사람은 이은성이었다.

그녀는 어느새 옷을 갈아입었는데 복면을 벗자 매혹적인 얼굴이 그대로 드러났다.

텔레비전에서 봤던 것과 실제로 눈앞에서 보는 것이 전혀 달랐다.

그녀는 연회복 원피스를 벗고 몸에 딱 달라붙는 청바지를 입자 완벽한 몸매의 굴곡이 고스란히 드러나 목소리와 어울리는 섹시함이 물씬 풍기고 있었다.

그럼에도 강도영은 여유 있게 웃으며 그녀의 말에 대답을 했다.

"지금 생각해도 이해가 가지 않아요. 저는 무조건 제가 질 거라고 생각했거든요."

"아직도 백작 님은 스스로를 너무 모르시는 것 같아요. 전 노래를 부르면서 질 것 같다는 생각을 하고 있었어요. 가수는 관객들의 반응을 보면 금방 알거든요."

"그런가요?"

"어쨌든 고마웠어요."

"고맙긴요. 한 일이 없는데 오히려 내가 미안하죠."

"호호… 고마운 것도 미안한 것도 빚이니까 나중에 술 한잔 해요. 괜찮죠?"

이 말을 하려고 들어온 모양이다.

그녀는 아무렇지 않은 것처럼 이야기했지만 술 한잔하자는 제의를 하면서 속눈썹이 가늘게 떨리고 있었다.

복면 속에 들어 있는 얼굴이 너무나 궁금해서 미칠 지경이었다.

그 속에 터무니없이 못생긴 얼굴이 들어 있어도 그동안 느낀 설렘을 감안한다면 충분히 술 한잔 정도는 할 수 있을 것 같았다.

물론 그 속에 들어 있는 얼굴이 그녀의 상상과 일치했을 때는 어떤 결과가 일어날지 알 수 없었지만.

그러나 강도영은 그녀의 제의를 받고 그저 빙그레 웃었을 뿐이었다.

"제가 1라운드에서 떨어지려고 한 건 곧 외국으로 떠날 일이 있었기 때문이에요. 오랫동안 있을 것 같아서 아무래도 은성 씨와 술 마시기는 어려울 것 같네요."

나이가 들고 경험이 쌓이다 보니 거짓말도 점점 늘었다.

상대의 기분을 상하지 않게 하면서 거절하는 방법을 배워 놓자 세상 사는 게 점점 편해졌다.

금방이라도 전화번호를 물을 것 같았던 그녀가 실망하는 표정으로 돌아선 것은 강도영이 말한 변명이 너무나 완벽했기 때문이다.

*   *   *

강도영은 진행자의 안내를 받으며 무대로 올라갔다.

볼링왕은 엄청난 가창력을 보여준 후 관객들의 뜨거운 박수갈채를 받으며 무대를 내려가고 있었다.

사회를 보는 김성준이 몬테크리스토 백작의 출격을 알리며 무대에서 사라진 후 오직 그만 홀로 무대에 남았다.

1라운드 때와는 다르게 무대에 홀로 서자 그 옛날 여드름을 잔뜩 얼굴에 묻히고 떨리는 심정으로 섰던 무대가 생각났다.

그때의 그는 너무 어렸고 가진 것 없이 오직 노래만을 지닌 채 무대에 올랐다.

노래를 마치고 얼굴을 적셨던 눈물을 절대 잊을 수가 없다.

좌절, 고통, 심장을 찌르는 것처럼 날카로웠던 심사 위원들의 독설.

어린 마음에 받았던 그 상처는 비수가 되어 아직도 그의 심장 한편에 자리하고 있었다.

피아노 전주가 부드럽게 홀을 적시며 퍼져 나가자 방청석 쪽에서 탄성이 흘러나오는 게 들렸다.

그가 부를 노래의 정체를 단박에 알아챘기 때문이다.

오래전 대한민국을 들썩이게 만들었던 드라마의 주제곡 '첫 눈처럼 너에게 가겠다'란 곡이었다.

한때 젊은 여자들의 사랑을 한 몸에 받으며 음원 차트를 석권했고 아직도 노래방에서 절찬리에 불리는 노래였기에 알 만한 사람은 전부 아는 명곡이었다.

사랑을 위해 자신의 목숨을 바친 한 남자의 이야기.

노래에는 그런 남자의 절절한 사랑이 모두 담겨 있었고 그 감정으로 인해 사랑하는 사람과 헤어졌던 여자들은 이 노래가 흐를 때마다 눈물을 적셨다.

피아노 전주가 끝나자 강도영은 무대의 앞으로 천천히 걸어 나오며 노래를 시작했다.

무대에 서자 자신도 모르게 예전의 그때로 돌아가는 자신을 발견할 수 있었다.

세상을 살아가면서 현실과 타협하고 숨어왔던 세월들이 머 릿속에 주마등처럼 스쳐 지나갔다.

안다, 자신도.

이번 경연에서 떨어지고 얼른 집으로 돌아가 휴식을 취해 야 한다는 것을.

내일 아침 일찍부터 촬영이 잡혀 있기 때문에 가급적 빨리 이곳을 벗어나 집으로 돌아갈 필요가 있었다.

서현탁은 벌써 도착해서 그가 나오기를 기다리고 있을 것 이다.

놈은 워낙 시간관념이 투철했기 때문에 예정보다 일찍 도 착했을 테지만 자신이 1라운드를 통과하는 바람에 1시간 이 상 맥없이 기다리는 중이었다.

하지만 그런 모든 생각과 걱정들이 노래가 시작되자 점점 자신도 모르게 사라져 갔다.

배우로서 탁월하다는 평가를 늘 받아왔다.

배역에 완전히 동화되어 미친 듯이 연기하는 그를 보며 김 동혁 감독은 심지어 괴물이라는 소리까지 했다.

하지만 그의 감응은 연기에만 있는 것이 아니었다.

노래를 시작한 후 그는 노래 속의 주인공이 되어 하얀 벌판 을 헤매기 시작했고 사랑하는 여인을 위해 눈물을 흘리며 처 절한 고통 속에서 몸부림쳤다.

가지 마, 제발. 피가 끓는 절규.

강도영의 눈에는 아무것도 보이지 않았다. 관객들도, 패널들도, 심지어 노래를 부르고 있는 자신마저.

＊　　　　　＊　　　　　＊

작곡가 민정호는 시즌 1부터 복면가왕에 합류한 최장수 패널이었다.

그가 이토록 오랜 시간 방송에 출연할 수 있었던 것은 노래에 대한 탁월한 식견과 말솜씨, 그리고 감수성이 있기 때문이었다.

민정호는 몬테크리스토 백작을 눈여겨보고 있었다.

마스카라의 마지막 부문에서 울려 나왔던 몬테크리스토 백작의 진한 감성은 가수들에게서도 쉽게 찾아볼 수 없을 만큼 대단했다.

볼링왕의 정체도 쉽게 알아챘으나 모르는 체 괜한 소리만 하면서 노래에 대한 칭찬만 했다.

유명한 록 그룹 '벽력'의 리드 보컬로서 이정민은 관객들의 고막을 찢어놓을 정도로 엄청난 샤우팅을 터뜨리며 자신의 존재감을 과시했다.

몬테크리스토 백작이 무대로 나오는 걸 보면서 작은 한숨을 내쉬었다.

그가 어떤 노래를 불러도 이정민에게는 안 될 것 같다는 생각이 들었기 때문이다.

이정민은 그 정도로 대단한 가수였고 이전 무대에서 관객들에게 압도적인 흥분을 선사했다.

전주가 흘러나오자 민정호는 자신도 모르게 탄성을 터뜨렸다.

"첫눈처럼 너에게 가겠다."

이정민이 부른 곡과 완전히 다른 감성의 끝판왕.

조용히 흐르는 와중에도 리듬 가득 담긴 사랑의 절규는 듣는 사람의 심금을 울리게 만드는 곡이었다.

전주가 흐르는 동안 민정호는 마른침을 꿀꺽 삼켰다.

과연 자신이 느꼈던 감성을 몬테크리스토 백작이 보여줄 수 있을까란 기대감이 스멀스멀 올라오며 그를 꼼짝하지 못하게 만들었다.

아…….

몬테크리스토 백작의 입이 열리며 노래가 시작되는 순간 그는 자신도 모르게 탄식을 흘리고 말았다.

힐끗 옆을 보자 여자 패널들이 넋을 놓은 채 무대를 지켜보고 있었다.

자신만 탄성을 터뜨린 게 아니다. 여기저기서 흘러나온 탄성은 하나의 노래가 되어 홀을 떠돌았다.

그러나 그 탄성이 멈추고 무서운 정적이 흐르기 시작한 것은 노래가 도입부를 지나 중반으로 치닫기 시작하면서부터였다.

올가미에 사로잡힌 것처럼 숨조차 쉴 수가 없었다.

몬테크리스토 백작이 터뜨리는 감성의 물결은 파도가 되었고 폭우가 되어 사람들의 심장을 격랑 속에 사로잡히게 만들었다.

이럴 수가 있단 말인가.

어느새 자신의 눈에서 흘러내리는 눈물을 닦지도 못한 채 민정호는 먼저 세상을 뜬 아내를 떠올리며 머리를 쥐어뜯었다.

사랑했던 아내. 당신을 보내고 살아왔던 그 무서웠던 7년의 시간들.

항상 그리워했고 보고 싶었다.

당신을 볼 수 없었던 그 시간 동안 찢어져 버린 심장은 부질없던 세월 속에서 겨우 얽어매지고 아물었으나 그리움에 대한 기억만은 여전히 남아 나를 괴롭힌다.

사랑해, 사랑해, 여보.

지금이라도 당신이 돌아와 준다면 나는… 내 목숨을…….

*   *   *

석의단은 이를 악물고 강도영이 노래하는 모습을 지켜봤다.

노래에 빨려 들어가기 위해서는 감상하겠다는 자세가 선행되어야 가능하지만 그는 처음부터 그럴 생각이 전혀 없었기에 냉철하게 모든 것을 관장할 수 있었다.

그것은 옆에 서 있던 국장도 마찬가지였다.

그만 퇴근하라고 종용하자 그는 강도영의 노래까지 듣고 가겠다며 버텼는데 국장 역시 충격을 받았는지 어떤 말도 하지 못했다.

석의단은 패널석과 방청석을 확인하며 속이 새까맣게 타들어가는 기분을 느꼈다.

이건 뭐, 마치 초상집이 된 것 같은 분위기였다.

여기저기서 훌쩍거리는 사람들의 모습이 잡혔고 패널과 방청객들은 강도영의 노래에 사로잡혀 제대로 숨조차 쉬지 못하고 있었다.

이렇게 된 이상 결과가 어떻게 나올지 짐작할 수 없었다.

비록 이정민이 엄청난 가창력으로 관객들을 들썩이게 만들었으나 지금 무대 위에 있는 강도영을 이긴다는 건 쉽지 않아 보였다.

그가 안달하는 이유는 강도영이 이겼을 경우 방송 사고가 날 가능성이 컸기 때문이다.

강도영 측에서 방송사에 보내 온 노래는 이것뿐이었다.

다시 말하면 다음 곡이 전혀 준비되어 있지 않다는 뜻이었다.

말은 간단했지만 그 속에 담긴 것은 암담함 그 자체였다.

1라운드에 당연히 떨어질 거라 예상하고 2곡만 준비했는데 이런 상황이 닥쳐오자 눈앞이 깜깜해졌다.

만약 우려대로 강도영이 2라운드에서 이기게 된다면 3라운드에서 강도영은 무반주로 노래해야 할 판이었다.

뒤늦게 정신을 차린 국장의 표정은 얼음처럼 싸늘하게 변해 있었다.

"이 새끼들, 우리 엿 먹이려고 일부러 이런 거 아냐?"

"그럴 리야 있겠습니까."

"그럼 뭐냐고. 저게 아마추어냐. 네 눈에는 사람들 눈물 흘리는 거 안 보여? 이승환 이 씨발 놈을 그냥 확 죽여 버려야겠다."

아무리 생각해도 분했던 모양이었다.

강도영이 출연한다는 것만으로도 고마워서 어쩔 줄 몰랐던 그때의 상황은 이미 그의 머릿속에서 하얗게 비워진 것 같았다.

일부러 그럴 리야 없었겠지만 결과가 이렇게 나타나자 불똥이 이승환에게 튀었다.

미리 강도영의 노래 실력을 귀띔해 줬으면 만약의 사태에 대비할 수도 있었다는 변명을 가슴속에 키워가며 국장은 자기 자신을 자위하는 수단으로 이승환이라는 만만한 핑계거리를 만들어냈다.

국장은 화만 내면 끝이지만 발등에 불이 떨어진 것은 석의단이었다.

그랬기에 그는 씩씩거리는 국장을 향해 입을 열었다.

"플랜 B를 써야겠습니다."

"정말 내버려 두면 저놈이 이경민을 이길까?"

"아무래도 걱정이 됩니다. 이대로 강도영이 이기면 녹화 날짜를 다시 잡아야 된단 말입니다."

"플랜 A는 안 되겠냐?"

"프로그램 담당 기사가 퇴근해서 없습니다. 미리 알았다면 준비해 놨겠지만 지금은 너무 늦었습니다. 더군다나 새로 개발한 집계표는 관객 번호까지 찍히기 때문에 나중에 문제가 될 공산도 큽니다."

"휴우… 어쩔 수 없지. 그럼 플랜 B를 해봐, 예전과 달리 방청객수가 늘어나서 패널들 쪽수로 해결될지 모르지만 최선을 다해보자고."

국장의 허락이 떨어지자 석의단이 부랴부랴 패널 쪽을 향해 뛰어갔다.

패널들은 강도영의 노래에 빨려들어 그가 어둠을 뚫고 다가가는 것조차 몰랐는데 김구영을 불러낼 수 있었던 것은 다른 패널들과 다르게 패널 진행이란 특수성 때문에 그가 주변 상황을 예의 주시 하고 있었기 때문이다.

"얼굴이 왜 그래?"

"형, 플랜 B를 가동해 줘."

"누구한테?"

"볼링왕 쪽으로. 몰표가 가야 해. 안 그러면 난 죽어."

붉어진 얼굴로 석의단이 말하자 김구영이 도무지 이해할 수 없다는 표정을 지었다.

그의 음악 감각으로 봤을 때 이번 승자는 몬테크리스토 백작이 될 가능성이 컸는데 담당 피디가 거의 쓰지 않았던 플랜 B를 가동해 달라고 사정하자 의문이 구름처럼 일어났다.

플랜 B는 출연자와 방송사의 사정을 감안해서 만약의 사태가 발생했을 때 패널들의 표를 한쪽으로 몰아주는 계획이었다.

의문이 들었으나 김구영은 석의단의 얼굴을 확인하고 더 이상 아무것도 묻지 않았다.

담당 PD가 이렇게 나올 정도라면 그만한 사정이 있기 때문

일 것이고 무대에서는 강도영의 노래가 끝나가는 중이라 다시
자리로 돌아가야 했다.

"걱정 마라. 내가 조치해 놓을 테니까."

제44장
몬테크리스토 백작IV

강도영의 노래가 끝나자 숨조차 죽이고 있던 관객석에서 잔잔한 박수가 흘러나왔다.

볼링왕이 받았던 박수 소리의 절반조차 되지 않는 것이었다.

그러나 박수의 질이 달랐다.

관객들은 그의 노래에 감정이입이 되어 차분하게 가라앉아 있었고 상당수가 눈물을 흘리느라 박수를 치지 못했다.

김성준의 사회로 버튼이 눌러진 후 패널들의 평가가 시작되었을 때 민정호는 강도영의 노래에 이런 멘트를 남겼다.

"노래로 가슴속에 든 슬픈 사연을 끌어낸다는 건 특별한 가수만이 할 수 있는 일입니다. 그런 면에서 봤을 때 몬테크리스토 백작 님은 특별한 가수에 해당된다고 할 수 있을 것입니다. 저는 그동안 몬테크리스토 백작 님의 정체에 대해서 확신을 하지 못했었는데 이제야 저분의 정체를 알았습니다."

"몬테크리스토 백작 님의 정체를 아신단 말입니까. 누구죠?"

"노래로 사람을 울리고 웃길 수 있는 가수가 확실하단 말이었지, 정확히 복면 속에 있는 얼굴을 안다는 뜻은 아니었습니다. 저는 점쟁이가 아니거든요."

"목소리만 가지고 그동안 수많은 가수를 맞췄잖습니까?"

"글쎄요, 솔직히 저는 모르겠습니다. 이 정도의 가창력을 가진 사람을 제가 알지 못한다는 게 이상할 정도네요."

민정호가 뒤로 물러서자 대뜸 앞으로 나선 것은 걸 그룹 '트와이스'의 멤버 유미진이었다.

그녀는 오래전부터 시선을 강도영에게 고정하고 있었는데 입에서 나온 이야기가 상당히 직설적이었다.

"노래 정말 잘 들었어요. 몬테크리스토 백작 님은 보면 볼수록 매력이 넘치는 것 같아요. 춤 솜씨도 그렇고 무술 실력, 거기다가 가창력까지 놀라울 정도예요. 이번 노래는 정말 가슴이 설레서 미어질 정도로 아름다웠어요. 백작 님 제가요… 정말 궁금해서 그러는데 몇 살이세요?"

"아, 아… 유미진 씨, 그런 질문을 하시면 안 됩니다. 그렇게 대놓고 질문하면 어떻게 해요?"

유미진의 직설적인 질문에 김성준이 나서면서 마구 손사래를 쳤다.

그는 당황함 속에서도 웃음을 머금고 있었는데 그녀의 질문에서 사심을 확인했기 때문이다.

그러든 말든 유미진의 돌직구는 거침이 없었다.

나이가 젊고 자유분방하게 살아온 그녀는 자신의 마음을 전혀 숨길 생각이 없는 것 같았다.

"아휴, 너무 멋있어서 그래요. 나이만 맞으면 대시하고 싶다니까요!"

*　　　　　*　　　　　*

기어코 우려했던 일이 벌어지고 말았다.

김구영의 활약으로 인해 패널들이 볼링왕에게 몰표를 던졌으나 투표 결과는 116 대 83으로 몬테크리스토 백작의 승리였다.

이번 결과에 가장 놀란 사람은 김성준보다 김구영의 지시를 받고 볼링왕에게 몰표를 던졌던 패널들이었다.

그들이 공정한 평가를 했다면 표차는 더욱 늘어날 정도로 꽤 많은 차이가 났다.

이경민에게 이 정도로 일방적인 승리를 거뒀다는 것은 방청객들의 마음이 그만큼 강도영에게 향했다는 뜻이었다.

플랜 B를 가동해 놓고도 안절부절못하던 석의단은 기어코 상상하지 못했던 일이 벌어지자 다리에 힘이 풀려 의자에 털썩 주저앉고 말았다.

"이런 씨발, 좆도."

"제대로 했는데 저런 결과가 나온 거냐?"

"그렇습니다."

국장이 따라서 앉으며 묻자 석의단이 한숨을 길게 흘려냈다.

하지만 국장의 표정은 점점 냉정해지는 중이었다.

석의단이 능력 있는 피디로 이름을 날리고 있지만 30년 경력의 국장에 비한다면 아직도 한참 모자란다.

국장은 JYN에서 25년간 숱한 히트작을 감독했기 때문에 산전수전 다 겪은 사람이었다.

"할 수 없지. 석 피디, 하우스 밴드에 가서 당장 소화할 수 있는 곡들이 뭐가 있는지 알아봐."

"강도영한테 아무거나 부르라고 하란 말입니까?"

"그놈도 이런 일이 벌어질 거라 생각하지 못했을 거 아니냐. 곡 리스트 주고 거기서 선택하게 만들어."

"음……."

"시간 없어, 서둘러!"

가만히 생각해 보니 그 수밖에는 없다.

하우스 밴드는 텔레비전 반주 외에도 유명 클럽에서 연주를 하는 팀이었으니 연습해 놓은 곡들이 여러 개 있을 것이다.

문제는 강도영이 그 곡들을 아느냐는 것인데 그건 천운에 맡겨야 할 판이었다.

*　　　　　*　　　　　*

강도영이 2라운드에서 이기고 얼떨떨한 모습으로 대기실에 들어서자 기다리고 있던 서현탁이 자리에서 벌떡 일어났다.

놈은 주차장에서 기다리고 있어야 하는데 여기 있는 걸 보니 더 이상 견디기 어려웠던 모양이었다.

"야, 내 정체 밝혀지면 안 된다더니 여긴 왜 왔어?"

"윤기 전화 받고 총알같이 뛰어왔다. 너 2라운드도 통과했다며?"

"…그렇게 됐다."

"이, 미친놈아. 도대체 어떻게 하려고 그래. 우린 다음 곡도 준비하지 못했잖아!"

"야, 머리 아퍼. 생각 좀 하게 가만히 있어봐."

"사장님이 지금 득달같이 달려오고 있는 중이다. 네가 결승에 올라갔다고 하니까 환장할려고 그러시더라."

"욕을 바가지로 먹게 생겼군. 그러게 전화는 뭐 하러 해!"

"내가 한 게 아냐. 사장님이 한 거지. 묻는데 그럼 거짓말하리?"

"잘했네. 배신자답다. 끝내 혼자 살겠다 이거구만."

"괜히 올라왔네. 괜히 올라왔어. 이럴 줄 알았으면 죽든 살든 모른 체하는 건데."

서현탁이 투덜거리며 노려보자 강도영이 그의 곁을 통과해서 자리에 털썩 주저앉았다.

문이 벌컥 열리면서 석의단이 뛰어 들어온 것은 강도영이 뭔가를 골똘히 생각하고 있을 때였다.

"강도영 씨, 도대체 이게 어떻게 된 겁니까?"

"죄송합니다. 저도 모르게 그만 분위기에 취해서 노랠 불렀는데 엉뚱한 결과가 나왔네요."

"지금 죄송하다고 해결될 문제가 아닙니다. 이제 곧 3라운드에 올라가야 되는데 준비한 곡이 없잖아요. 우리 밴드는 지금 무방비 상탭니다."

"그렇겠죠."

"그래서 말인데요. 이게 우리 밴드가 할 수 있는 곡들입니다. 혹시 이 중에서 부를 만한 곡이 있나 봐주세요."

석의단이 내민 쪽지에는 휘갈겨 쓴 노래 제목들이 주욱 나열되어 있었다.

강도영은 그것들을 확인한 후 슬며시 쪽지를 석의단 쪽으로 다시 내밀었다.

"제가 아는 곡이 몇 개 있지만 이 노래를 부르고 싶지 않습니다. 죄송하지만 밴드가 있는 곳으로 저를 안내해 주실 수 있나요?"

"그건 왜?"

"밴드 쪽에 할 말이 있어서요."

"알았습니다. 가시죠."

석의단의 안내에 따라 강도영은 밴드가 있는 쪽으로 걸어갔다.

무대에서는 김성준이 다음 순서에 대한 안내를 하면서 시간을 끌고 있었는데 벌써 스태프들과 논의가 있었던 것 같았다.

강도영은 밴드가 늘어서 있는 곳에 도착하자 거침없이 드러머를 향해 다가갔다.

그러고는 뭔가를 말하자 드러머가 깜짝 놀라는 표정을 지었다.

"정말 이 곡을 하실 생각입니까?"

"가능할까요?"

"이 곡은 제가 잘 아는 곡입니다. 걱정하지 마십시오."

"그럼 부탁합니다."

*   *   *

녹화가 다시 이어지고 번개돌이의 노래가 시작되었다.

그가 부른 것은 들국화의 '행진'이라는 곡이었다.

역시 유명훈다운 공연이었다. 거친 허스키에서 뿜어져 나오는 리듬의 향연.

유명훈은 경력이 18년이나 되는 전통 발라드 가수였으나 록과 알앤비까지 소화가 가능할 정도로 가창력이 뛰어난 사람이었다.

예전에는 대한민국을 대표할 정도로 손꼽히는 실력자였으나 세월이 지나면서 점점 기억 속에서 잊힌 인물이기도 했다.

관객들은 그의 노래를 들으며 강도영으로부터 받았던 감동을 완벽하게 잊은 채 환호성을 멈추지 못했다.

행진이 가지고 있는 강한 리듬을 순화시키는 대신 감성을 더욱 집어넣었고 중간에 알앤비 요소까지 가미한 편곡으로 절대적인 지지를 받았던 것이다.

하지만 그것도 잠시.

김성준의 멘트에 따라 다시 몬테크리스토 백작이 호명되자 장내가 순식간에 긴장 속으로 빠져들었다.

　처음 1라운드 때는 그가 3라운드까지 오르리라 생각한 사람은 아무도 없었다.

　사람들은 안다.

　그가 1라운드에서 이은성을 꺾은 것은 여심을 잡은 비주얼 때문이지 가창력 때문이 아니라는 사실을.

　그걸 증명하듯 몬테크리스토 백작은 겨우 1표 차이로 1라운드를 간신히 통과했다.

　그러나 2라운드에서 보여주었던 그의 노래는 그런 선입감을 단숨에 잠재울 정도로 엄청난 감성을 뿜어내며 결승에 오르는 괴력을 보여주었다.

　사람들이 잔뜩 기대에 찬 눈으로 몬테크리스토 백작이 나오기를 기다리는 것도 그에 대한 연장선이었다.

　이번에는 어떤 노래를 부를 것인가. 그리고 어떤 감동으로 자신들을 즐겁게 할 것인지 기대에 찬 눈으로 몬테크리스토 백작이 나오기를 기다렸다.

　사람들의 입에서 놀라움이 가득 찬 탄성이 흘러나온 건 강도영의 모습을 확인한 후였다.

　그 이유는.

　강도영이 기타를 들고 무대로 나섰기 때문이다.

　　　　*　　　　*　　　　*

　작곡가 신현무는 몬테크리스토 백작이 기타를 하나 달랑
메고 나타나자 황당한 표정을 숨기지 못했다.

　기타를 들고 나왔다는 것은 자신이 직접 기타를 치면서 노
래를 하겠다는 뜻이기 때문이었다.

　말도 안 되는 일이다.

　복면가왕이 비록 얼굴을 가리고 노래를 하는 예능 프로그
램 성격이 강했지만 분명한 것은 노래로서 승부를 본다는 것
이고 지금은 3라운드 결승전이었으니 더군다나 말이 되지 않
는 일이었다.

　기타를 칠 수 있는 사람은 많다.

　그럼에도 그들이 기타를 들고 나오지 않은 것은 청중들을
감동시키기 위해서 엄청난 집중력이 필요하기 때문이었다.

　아무리 기타를 잘 친다 해도 노래하는 데 방해가 되는 요소
를 끌어안은 채 경연에 참가한다는 것은 어리석은 짓이었다.

　그럼에도 몬테크리스토 백작은 버젓이 기타를 들고 나왔다.

　물론 기타를 연주하다가 배경으로 흘러나오는 반주에 맞춰
기타 연주를 중단하고 노래에 집중할 가능성이 컸다.

　대부분의 보컬 그룹들이 공연 때마다 하는 짓인데 가수는

청중들과 교감하는 것이 최우선이지 기타를 잘 친다는 걸 자랑하는 게 우선이 아니기 때문이다.

스스로도 많이 해봤기에 누구보다 잘 안다.

그는 과거 국내에서 손가락에 꼽을 정도로 유명한 밴드의 기타리스트이자 보컬이었기 때문에 수도 없이 많은 경험을 가지고 있었다.

띠리리링… 띠링… 띠리리링~ 딩딩…….

예상했던 대로 몬테크리스토 백작의 손에서 기타 전주곡이 흘러나오자 그가 자리에서 벌떡 일어났다.

"헉!"

자신도 모르게 놀람에 겨운 탄성이 입술을 비집고 나왔다.

지금 몬테크리스토 백작의 손에서 흐르는 전주곡이 어떤 노래인지 단박에 눈치챘기 때문이다.

기타리스트는 물론이고 록 그룹들에게는 전설로 치부되고 있는 불후의 명곡 '와인'이 분명했다.

노래의 주인인 김경호마저도 힘들어했다는 고음의 절정.

수없이 많은 가수들이 남의 노래를 리바이벌했으나 세월의 흐름 속에서 '와인'은 난공불락의 존재로 남았을 만큼 가수들조차 함부로 부를 수 없는 곡이었다.

마스카라를 불렀을 때와는 전혀 다른 현상이 나타났다.

패널들 중 전주곡이 어떤 노랜지 모르는 여자들과 신인들

만 앉아 있었고 민정호와 신현무, 그리고 심지어 김구영까지
벌떡 일어나 눈을 부릅떴다.

그들은 모두 '와인'의 전주곡이 전해주는 감성의 물결을 고
스란히 느낄 수 있는 사람들이었다.

이윽고 전주가 끝나면서 강도영의 입을 통해 '와인'의 첫 소
절이 흘러나왔다.

"우와… 형님, 이거 너무 높은데요?"

"글쎄 말이다. 원키보다 하나 더 높은 것 같아."

신현무가 탄식을 터뜨리며 불안한 표정을 숨기지 못하자 민
정호가 그의 말에 반응했다.

그럼에도 기가 막히다.

'와인'의 도입부는 슬로우 록으로 슬픔이 가득 담긴 비장함
이 핵심이었는데 강도영의 목소리는 감탄이 나올 정도로 그
비장감을 완벽하게 표현하고 있었다.

조금씩 빨라진다. 그리고 점점 강력한 폭풍우가 몰아치듯
이 절정부에서 5옥타브를 넘나드는 무시무시한 고음이 이 노
래를 넘사벽으로 만든 원흉이었다.

신현무는 조마조마한 심정으로 침을 꿀꺽 삼키며 강도영의
노래를 향해 온 정신을 집중했다.

그가 아는 것처럼 강도영의 노래는 조금씩 빨라지고 있었
다.

옆에서는 민정호와 윤덕진이 두 손을 꼭 붙들고 시선을 떼지 못한 채 강도영을 바라보고 있었다.

아니다. 그들뿐만이 아니라 아직까지 앉아 있던 다른 사람들도 마찬가지였다.

아직 도입부에 불과했으나 도입부에서 터진 강도영의 비장감은 이미 사람들의 정신 줄을 충분히 흔들어놓고 있었다.

점점 고음으로 올라가기 시작했으나 강도영의 기타는 여전히 현란하게 움직였다.

뒤를 받치는 것은 오직 하나 드럼뿐.

몽환적인 분위기. 단지 기타와 드럼의 조화뿐이었음에도 강도영의 노래가 가미되자 그 어떤 악기들의 향연보다 아름답고 마력적인 음률이 공간을 지배하기 시작했다.

드디어 터졌다.

전반부를 뒤흔들어 놓은 고음부.

마치 폐부를 찌를 것처럼 솟구쳐 오르는 몬테크리스토 백작의 폭발을 보면서 신현무는 결국 자신의 가슴을 부여잡고 말았다.

"말도 안 돼!"

믿겨지지 않았다.

이런 옥타브를 표현하면서 목소리가 아직도 생생하게 살아서 움직이고 있었다.

신현무가 비명을 지를 동안 민정호의 눈은 잔뜩 붉어져 있었으나 그는 냉정함을 잃지 않고 강도영에게서 시선을 떼지 않았다.

이전 노래를 들을 때 눈물을 흘리던 그는 이미 자리에 없었고 오직 음악가로서 기적을 보는 심정으로 강도영의 노래를 분석하고 있을 뿐이었다.

"정말 끝까지 기타를 칠 모양이다."

"전혀 힘들어하지 않고 있어요. 아직 절정부가 남아 있지만 문제없을 것 같습니다."

"나도 그렇게 생각해. 도대체 얼마까지 올라갈지 두고 보자."

흥분을 가라앉히지 못하는 신현무와 달리 윤덕진과 민정호가 시선을 떼지 않은 채 차분하게 이야기를 나누는 동안 패널들이 전부 자리에서 일어났다.

압도적인 가창력.

강도영의 입에서 전반부의 고음이 터지자 패널들은 몸서리를 치고 있었는데 윤미진과 이수연은 소름이 돋았는지 자신의 팔을 마구 문질러 대고 있었다.

*　　　　*　　　　*

하우스 밴드의 드러머 이재성은 몬테크리스토 백작의 부탁을 받은 후 그가 돌아가자 어이없다는 표정을 숨기지 못했다.

직접 기타를 치겠다고? 그것도 와인을 부르면서?

요즘 들어 정신없는 놈들이 많아졌다고 하더니 이곳에서 그런 놈을 볼 줄은 꿈에도 생각지 못했다.

그러면서도 막상 무대에 오르자 주섬주섬 스틱을 든 채 몬테크리스토 백작의 기타가 움직이기를 기다렸다.

'와인'에서 드럼의 존재는 전반부에서 미미하다가 후반부에서 폭발한다.

기타의 반주에 맞추어 단조로운 템포로 보조를 맞추며 움직이다가 절정의 순간에 폭발한 후 노래를 이끌어가는 역할이었다.

하지만 그는 그럴 수 없을 것이란 판단을 내리고 있었다.

아무리 훌륭한 기타리스트라도 노래를 부르면서 '와인' 같은 고음의 노래를 소화하는 건 불가능하다고 생각했기 때문이다.

나중에 전후 사정을 듣고 나서 그가 왜 혼자 기타를 쳐야 했는지 알게 된 후 그런 마음은 더욱 커졌다.

한숨이 나왔으나 어쩔 수 없다.

놈의 기타 연주가 흔들리지 않도록 최대한 사이드에서 도와주는 게 자신이 할 수 있는 전부일 것이다.

그런 마음으로 몬테크리스토 백작의 노래가 시작되고 템포가 빨라지는 순간부터 손을 움직이기 시작했다.

의외였다.

몬테크리스토 백작의 기타 솜씨는 나무랄 데 없이 훌륭했는데 더 미치는 건 기타 음을 넘나드는 그의 환상적인 목소리였다.

드럼을 치면서 수많은 보컬을 만났지만 이런 감성과 고음을 가진 자는 처음이었다.

자신도 모르게 음악 속으로 빨려 들어갔다.

몬테크리스토 백작의 기타와 노래에 스틱을 맞춰주겠다는 생각은 어느 순간 사라져 버렸고 오직 음률에 맞춰 드럼을 두드렸을 뿐이다.

즐거웠다.

이런 즐거움을 언제 느껴봤던 말인가.

공개홀에는 오직 몬테크리스토 백작의 기타와 자신의 드럼만이 공간을 넘나들며 퍼져 나갈 뿐이었다.

찬란하고 신비롭다. 나의 드럼이 그의 음악에 동화되는 순간 온몸의 세포가 폭죽 터지듯 터져 나가는 것 같았다.

*   *   *

이문성은 여자 친구인 강인혜와 함께 복면가왕의 녹화장에 왔다.

통신회사에 입사한 지 3년차인 그는 강인혜와 사귄 지 1년이 되었는데 워낙 그녀가 사랑스러웠기 때문에 웬만한 부탁은 무슨 수를 쓰든 들어주려고 했다.

그녀가 복면가왕이 보고 싶다며 칭얼거린 건 벌써 6개월도 넘은 일이었다.

미치고 환장할 노릇이었다.

6개월 동안 거의 매주 응모를 했지만 당첨됐다는 소식은 한 번도 듣지 못했다.

그러던 어느 날 습관처럼 응모했던 것이 기적처럼 당첨된 사실을 뒤늦게 인터넷에서 확인한 그는 사무실에서 만세를 불렀다.

사실 그는 복면가왕을 그렇게 좋아하지 않았다.

노래의 생명이 가창력이라지만 가수의 표정과 행동이 어우러져야만 진정한 음악이 완성된다고 생각했기 때문이다.

그는 록의 신봉자였다.

강렬한 사운드, 하늘을 찢어버릴 것 같은 보컬의 포효, 그리고 관중들의 뜨거운 열기.

그 모든 것을 사랑했다.

바쁜 회사 생활을 하면서 한 달에 한 번씩 꼭 언더그라운드 록 그룹의 공연장을 찾은 것은 모두 그런 이유가 있었기 때문이다.

다행스럽게 오늘 나온 가수들 중에서 볼링왕이 자신을 흡족하게 만드는 록 음악을 선사해 주었다.

그의 음악은 언더그라운드의 보컬과는 근본적으로 레벨이 다른 수준을 보여주었기에 더없이 열광하며 흡족한 시간을 보낼 수 있었다.

하나 몬테크리스토 백작이 이긴 것을 보면서 실망을 금치 못했다.

여자들이 훌쩍거리는 게 황당했고 자신의 여자 친구인 강인혜가 발갛게 달아오른 얼굴로 열렬히 박수 치는 모습을 보면서 괜한 거부감이 생겨났다.

그럼에도 그런 감정을 내보일 정도로 어리석지는 않았기에 몬테크리스토 백작이 기타를 들고 나오는 모습을 그저 묵묵히 지켜봤다.

노래가 시작되고 그의 전신에서 뿜어져 나오는 록의 광채를 확인하는 순간 넋을 놓고 말았다.

수많은 공연을 봤지만 단 한 사람의 기타 소리가 이렇게 자신의 마음을 흔들어놓을 줄은 꿈에도 생각하지 못했다.

절묘한 기타 음에 따라붙는 드럼 소리.

기타와 드럼의 하모니가 그의 정신을 흔들어놓을 때 몬테크리스토 백작의 노래가 가뜩이나 흔들렸던 그의 정신을 완전히 녹다운시켰다.

폐부를 찌를 듯한 고음의 향연.

그렇게 강렬했던 기타와 드럼 소리가 그가 내지르는 고음에 점점 파묻혀 가는 걸 느끼며 그는 자리에서 벌떡 일어날 수밖에 없었다.

전반부의 절정이 끝나고 기타와 드럼이 미친 듯한 앙상블을 펼치며 달려 나갈 때 자신도 모르게 괴음을 흘리고 있었다.

함성이다. 아니, 자신의 영혼을 흔들어놓은 무대의 가객을 위한 찬사다.

주변을 둘러보자 이미 사람들은 전부 자리에서 일어나 기도하는 자세를 취하고 있었다.

만약 몬테크리스토 백작이 정통 록 음악을 불렀다면 지금 이 자리에 있는 사람들은 두 손을 높이 들고 미친 사람들처럼 뛰고 있었을 것이다.

그러나 '와인'은 정열보다 사랑을 잃은 남자의 슬픔과 비정함이 잔뜩 담겨 있는 노래였다.

전반부를 끝내는 전주가 가라앉으면서 후반부의 강렬한 고음이 시작되었다.

그는 누구보다 '와인'에 대해서 잘 안다.

학창 시절부터 김경호를 좋아했고 그의 노래 중에 이 곡 '와인'을 가장 사랑했기 때문이다.

어느새 자신 역시 다른 사람들처럼 두 손을 맞잡고 있었다.

폭발하듯 터지는 천상의 목소리를 기대하면서…….

*   *   *

복면가왕 담당 피디 석의단은 이젠 말조차 나오지 않았다.

강도영이 직접 기타를 치겠다는 말을 했을 때 황당함을 넘어 가소롭다는 생각까지 들었다.

지금까지 그 누가 홀로 기타를 치면서 경연에 참석했던 적이 있던가.

말도 안 되는 생각이라며 하우스 밴드가 지니고 있는 곡 중 하나를 선택해 달라고 부탁했으나 강도영은 꿈쩍도 하지 않았다.

끝까지 자신의 요구를 받아들이지 않는다면 그냥 돌아가겠다는 말을 했을 때는 주먹이 부들부들 떨리는 분노까지 솟구쳤다.

그러나 어쩔 수 없었다.

상대는 현재 대한민국을 들었다 놨다 하는 슈퍼스타였고 자신에게는 그를 말릴 만한 힘이 없었다.

또 하나의 이유가 있다면 기대감 때문이었다.

아무리 미친놈이라 해도 어지간한 자신감 없이 이런 짓을 하지 않을 거란 기대감 말이다.

강도영이 기타 하나만을 달랑 든 채 무대로 들어설 때 속으로 하나님을 외치며 무대를 엉망으로 만들지만 말아달라고 간절히 기도했다.

여기서 강도영이 무대를 엉망으로 만드는 순간 수많은 사람이 다시 무대를 만들기 위해 뛰어다녀야 하고 자신은 변명조차 하지 못한 채 시말서를 써야 할 것이다.

아니, 시말서가 아니라 감봉까지 각오해야 할 판이다.

기타 음이 들리는 순간 두 눈을 질끈 감았다가 떴다.

아, 다행이다.

놈은 미친놈이 아니었다. 아니, 미친놈이 아니라 완전히 괴물이었다.

비장하게 시작되었던 노래가 점점 정점으로 치닫기 시작하더니 녹화장을 초토화시키기 시작했다.

온몸이 벌벌 떨려 왔다.

이미 옆에 있던 국장은 털썩 의자에 주저앉아 빈 담배를 빼어 물고 넋을 놓고 있는 중이었다.

반대로 관객들은 전부 일어나 광신교도들처럼 단체로 기도를 하고 있었다.

대박이 터졌다.

오늘 방송이 텔레비전 화면을 통해 전국으로 퍼져 나가는 순간 복면가왕은 온 국민의 관심을 한 몸에 끌어안을 게 분명했다.

으허허허…….

하늘에 계신 하나님, 부처님, 알라신이여. 정말 감사합니다.

저에게 이런 행운을 주셨으니 앞으로 남은 삶은 정말 착하게 살겠습니다.

무대에서는 강도영이 마지막 부분에서 믿겨지지 않는 고음을 터뜨리는 중이었고 관객들은 그에 반응하며 참고 참았던 괴성을 내지르고 있었다.

씨발, 강도영… 너 정말 눈물 나도록 고맙다.

강도영은 마지막 소절을 끝내며 기타 현을 길게 끌어내렸다.

한동안 눈을 뜨지 않았다.

감정에 몰입되어 감겨져 있던 눈은 아쉬움을 매단 채 천근처럼 무거워져 있었다.

방청객들의 우레와 같은 환호와 박수갈채가 꿈결처럼 들려오며 그를 서서히 현실의 세계로 이끌었다.

눈을 뜨고 기립한 채 박수를 치는 관객들에게 뒤늦은 인사를 했다.

모든 것이 고마웠고 가슴속에서는 뜨거운 감정이 물밀듯이 일어나고 있었다.

"감사합니다."

왜 목소리가 떨리는 것일까.

이렇게 기쁜데, 내 노래를 사랑해 준 사람들이 저렇게 열렬히 환호성을 보내주고 있는데 왜 나는 눈물이 나오는 걸까.

*   *   *

이승환과 윤철욱은 방송국 근처에서 밥을 먹다가 서현탁의 말을 듣고 기겁을 한 채 달려왔다.

페이스가 보유한 슈퍼스타의 외도는 그들에게 편안한 퇴근을 허락하지 않았다.

마음 같아서는 강도영이 노래하는 모습을 옆에서 지켜보고 싶었지만 방송사에서 극비로 해달라는 말을 들었기 때문에 함께할 수 없었다.

정체를 들키지 않기 위해 심지어 서현탁까지 뺀 마당에 두 사람이 나타난다는 건 말도 안 되는 일이었다.

밥을 먹으며 강도영의 진로에 대해서 두 사람은 계획을 세우느라 여념이 없었다.

광고도 계속 찍어야 했지만 국내외 팬들에 대한 감사 이벤트도 계획해야 했고 차기작에 대해서도 심사숙고할 필요성이 있었다.

굳이 방송국 옆에까지 와서 밥을 먹은 이유는 결국 강도영 때문이었다.

만약의 사태에 대비할 필요성이 있었고 녹화가 끝나면 저간의 사정을 알아야 향후 대책을 세울 수 있기 때문이다.

복면가왕에 강도영이 출연했다는 사실이 방송되는 순간 대한민국은 또 한 번 난리가 날 게 분명했다.

그가 어떤 노래를 불렀고 어떤 실력을 가진 것은 중요하지 않았다.

그저 출연했다는 사실 하나만으로도 숱한 화제를 뿌릴 게 분명했기에 두 사람은 강도영의 녹화가 끝나기를 기다리며 시간을 보내고 있었다.

식사가 끝나고 한참이 지났으나 서현탁에게서는 어떤 연락도 없었다.

녹화가 끝나는 즉시 이곳에 오기로 했으나 어쩐 일인지 예상된 시간이 지났음에도 서현탁에게서는 전화가 오지 않았다.

이승환이 전화기를 꺼내 든 것은 더 이상 참을 수 없었기 때문이다.

서현탁에게 이야기를 듣고 너무 놀라 마시던 술잔까지 떨어 뜨렸다.

어쩐지 이상하다고 했다.

1라운드에서 떨어졌다면 벌써 왔어야 정상인데 이 시간까지 오지 않았으니 예상치 못한 일이 벌어졌다는 의심을 했어야 했다.

서현탁도 놀랐는지 제대로 말을 잇지 못했기 때문에 두 사람은 자리에서 벌떡 일어나 방송국을 향해 총알같이 달려갔다.

방송국으로 달려가며 석의단 피디에게 전화했을 때 그는 멘붕 상태에 빠져 있었는데 얼마나 놀라고 당황했는지 이승환을 향해 속사포처럼 저주를 퍼부어댔다.

강도영이 2라운드를 이기면서 그가 밴드를 준비하지 못한 것으로 인해 혈압이 머리꼭지로 올라가고 있을 때였다.

두 사람이 도착해서 스태프들의 안내를 받아 공개홀로 들어가자 강도영이 기타 하나만 달랑 든 채 무대에 오르는 것이 보였다.

어떤 과정을 통해 3라운드에 올라갔는지는 중요한 게 아니었다.

강도영이 무대에 오르자 공개홀을 가득 채운 관객들이 잔뜩 기대에 찬 눈으로 그를 바라보고 있었다.

두 눈을 부릅뜬 채 이가 덜덜 떨려온 것은 강도영이 노래의 후반부 정점에서 고막이 터질 것 같은 고음을 내지를 때였다.

"저… 저… 아이고!"

"무시무시하네요. 도대체 쟤가 강도영이 맞는 겁니까?"

"우리 나가서 칼 물고 죽자."

"무슨 말씀이세요?"

"도영이가 저런 노래 실력을 가졌나는 것도 모르면서 매니지먼트를 한다고 껍죽됐으니 우린 죽어도 싸. 안 그러냐?"

"…쩝."

이승환의 말에 윤철욱이 쓰게 입맛을 다셨다.

어쩌면 당연한 말이다.

페이스가 보유한 슈퍼스타가 어떤 재능을 가지고 있는지조차 몰랐으니 입이 열 개라도 할 말이 없었다.

강도영의 노래가 절정을 넘어설 때 자리에 앉아 있는 방청객은 아무도 없었다.

모든 방청객은 강도영의 노래에 사로잡혀 움직이지 못했는데 옆에서 총을 쏴도 모를 것 같았다.

"크허허허… 우리 아부지가 돌아가실 때 하늘에서도 아들이 잘될 수 있도록 도와주시겠다고 했는데 약속을 지키시나보다."

"무슨 소리세요?"

"넌 기획실장이라면서 아직도 감이 안 와?"

"지금 놀라서 기절하기 직전이라고요. 아무래도 대가리가 작동을 멈춘 것 같아요."

"윤 실장, 내일 당장 공연 기획 팀을 만들자."

이승환의 말에 윤철욱이 두 눈을 끔벅거리다가 점점 눈동자가 또렷해지기 시작했다.

사장의 말이 무슨 뜻인지 그때서야 눈치챘기 때문이다.

제기럴, 일복 많은 놈은 뒤로 넘어져도 서류 더미에 파묻힌다더니 꼭 그 짝이다.

그럼에도 윤철욱의 얼굴은 웃음으로 가득 덮여 있었다.

돈더미가 하늘에서 쏟아지는 마당에 일이 많아지는 것 정도가 대수겠는가.

배우가 노래를 잘 부른다는 것은 양쪽 겨드랑이에 날개가 달린 것과 똑같은 것이었다.

더군다나 강도영은 슈퍼스타였으니 그 파괴력은 상상한 것 이상으로 엄청난 결과를 가져올 게 분명했다.

*　　　　　*　　　　　*

김성준은 사회자 대기석에서 강도영의 노래를 들으며 충격에 빠졌다.

복면가왕을 시즌 1부터 진행해 오며 수많은 가수의 노래를 들었으나 이 정도로 관객을 미치게 만든 건 강도영이 처음이었다.

노래가 끝나는 순간 무대로 나가야 했으나 그는 잠시 동안 멍하니 서서 연신 환호성을 터뜨리는 관객들을 지켜보고만 있었다.

만약 스태프가 뒤에서 콜하지 않았다면 그는 자신이 사회자라는 것조차 잊었을 것이다.

급하게 정신을 수습하고 무대로 나간 김성준은 갑작스러운 상황에 급하게 말문을 열었다.

강도영이 노래를 끝내고 무대를 빠져나가려 했기 때문이다.

"우와, 대단한 무대였습니다. 어, 어디 갑니까, 몬테크리스토 백작 님!"

그가 급하게 부르자 강도영이 뒤를 돌아보다가 자신의 실수를 뒤늦게 깨닫고 부랴부랴 무대로 돌아왔다.

때맞춰 스태프들의 안내로 번개돌이까지 무대로 나왔는데 관객들은 강도영의 실수를 보면서 폭소를 터뜨렸다.

김성준의 입이 열린 건 두 사람이 나란히 섰을 때였다.

"두 분의 열창 정말 대단했습니다. 방청객 여러분, 그렇죠?"

"예!"

김성준의 의도된 질문에 방청객이 열렬하게 반응하면서 커다란 목소리로 대답했다.

"그럼 지금부터 투표를 시작하겠습니다. 여러분의 마음에 든 분에게 투표해 주십시오… 3, 2, 1. 됐습니다."

여지없이 계획된 진행을 마친 김성준의 시선이 투표가 마무리되었다는 사인을 받자 번개돌이와 몬테크리스토 백작에게 돌아왔다.

그는 다른 때와 달리 조금 흥분된 목소리를 내고 있었는데 아직도 완전히 평정심을 회복하지 못한 것 같았다.

"번개돌이 님, 지금 심정이 어떠십니까?"

"착잡합니다."

"왜 그렇죠?"

"오랜만에 출연했는데 이러는 게 어디 있어요. 이건 반칙 아닙니까?"

"반칙이라뇨?"

"몬테 백작 님 노래는 아무도 못 말릴 정도였어요. 저는 완전히 망했습니다."

유명훈이 이름까지 줄여 부르며 익살을 떨자 김성준을 비롯해서 패널들과 관객들까지 전부 웃음을 터뜨렸다.

과연 유명훈이다. 워낙 오랜 세월 동안 활동을 해왔기 때문인지 프로그램을 살리는 방법을 너무나 잘 안다.

"아이구, 우리 번개돌이 님이 많이 삐지셨군요. 몬테 백작 님은 번개돌이 님의 말씀을 어떻게 생각하시나요?"

김성준이 유명훈의 말을 받아 명칭을 줄여 부르며 강도영에게 마이크를 내밀었다.

강도영은 복면 때문에 표정이 보이지 않았지만 유명훈의 칭찬에 어색한 몸짓을 하고 있었다.

"과찬이십니다. 번개돌이 님의 노래를 들으며 완전히 팬이 되었어요. 저는 아무래도 번개돌이 님한테 안 될 것 같습니다."

"아니… 이 양반이 지금 놀리는 거야, 뭐야!"

말을 받은 유명훈이 장난스럽게 강도영을 붙들기 위해 덤벼드는 시늉을 하자 김성준이 낄낄거리며 둘 사이를 가로막았다.

다행이다.

질 것을 뻔히 알면서도 이런 분위기를 만들어주는 유명훈이 너무나 고마웠다.

"왜 이러세요. 아실 만한 분들이 여기서 이러시면 안 됩니다. 자, 그럼 지금부터 패널분들의 평가를 들어보겠습니다. 김구영 씨, 두 분의 노래 어떻게 들으셨습니까?"

"에… 번개돌이 님이 화낼 만한 것 같습니다. 몬테 백작 님의 노래는 완전히 넘사벽이었어요. 저는 아쉬운 게 번개돌이 님이 몬테 백작 님보다 늦게 불렀으면 어땠을까 하는 생각을 해봤습니다. 아마 그랬다면 번개돌이 님의 능력으로 봤을 때

훨씬 박빙의 대결이 됐을 겁니다. 어쨌든 두 분의 노래를 들으며 너무 행복했습니다. 좋은 노래 고맙습니다."

"그럼 이번에는 윤덕진 씨의 감상평을 들어보겠습니다……."

생방송과 녹화는 각각 장점과 단점이 공존한다.

녹화는 가급적 많은 분량을 찍어서 재밌는 장면만 편집할 수 있다는 것이 최대 장점인 반면 시간이 많이 소요된다는 단점이 있다.

김성준이 일일이 패널들의 소감을 듣는 것도 재미있는 장면을 찾아내기 위함이었다.

한 사람씩 감상평을 듣던 김성준이 마지막으로 지명한 것은 미스코리아 이수연이었다.

"저는 전문적인 식견이 없어서 다른 분들처럼 상세한 평은 할 수 없어요. 하지만 오늘 제가 이 자리에서 소름이 끼치는 경험을 했다는 건 꼭 말씀드리고 싶네요. 노래 잘하는 사람들을 늘 부러워했지만 오늘처럼 간절하게 부러워했던 적은 없는 건 같아요. 저의 영혼마저 뒤흔들어 버린 두 분께 진심으로 감사드립니다. 특히 몬테 백작 님 언제 한번 시간 내주세요. 제가 밥 살게요."

*   *   *

누구나 예상했던 것처럼 3라운드의 승자는 강도영이었다.

투표 결과는 134 대 65.

가히 일방적인 결과였다.

강도영은 김성준의 축하 인사를 받으며 대기석으로 들어갔다.

가왕의 방어전이 곧 벌어지기 때문에 그는 대기석에 앉아 마징가제트의 노래를 들어야 했다.

서현탁이 다가온 것은 김성준의 소개로 마징가제트가 무대로 나왔을 때였다.

그는 가왕을 상징하는 황금 가면을 쓰고 있었는데 검은색 망토를 두른 위풍당당한 모습이 매우 인상적이었다.

서현탁은 다가온 후 걱정부터 늘어놨다. 강도영이 노래를 부르는 동안 계속해서 안절부절못했기 때문에 그의 얼굴은 붉게 달아올라 있었다.

"너 정말 끝까지 사고를 치는구나. 목은 괜찮아?"

"응, 괜찮아."

"너하고 같이 있다가 나 오래 못 살 것 같다. 간 떨어져서 죽을 뻔했어."

"좋았어."

"뭐라고?"

"좋았다고. 노래를 부르니까 눈물이 나더라. 마음껏 노래를 부르면 속이 다 시원할 것 같았는데 막상 노래가 끝나니까 눈물이 났어."

"이 자식아, 눈물까지 흘린 놈이 좋기는 뭐가 그렇게 좋아. 너 바보냐!"

"그런가?"

고개를 숙이는 강도영을 바라보며 서현탁이 슬그머니 입술을 깨물었다.

바보 같은 놈.

그동안 얼마나 노래를 부르고 싶었으면 저런 소리를 할까. 오랜 세월을 함께했고 모든 걸 공유했으나 놈은 목소리를 잃어버린 후 노래를 하고 싶단 말을 한 적이 없었다.

사람은 간절히 하고 싶은 일을 하지 못할 때는 가슴에 묻어 버리고 잊는다더니 강도영이 그랬던 모양이다.

"사장님, 오셨다."

"왜?"

"왜긴 왜야. 네가 사고 쳤으니까 왔지. 지금 저쪽에 계셔."

"또 잔소리 듣게 생겼네. 다 너 때문이야."

"그게 왜 나 때문이야. 너 때문이지. 이게 사고 쳐놓고 누구한테 덤터기를 씌우고 있어."

"크크… 조용해 봐, 노래 시작한다."

주먹을 번쩍 드는 서현탁을 향해 손을 흔들어 입을 막은 강도영이 현재 가왕인 마징가제트를 향해 시선을 돌렸다.

마징가제트는 천천히 마이크 앞에 섰는데 전주도 없이 바로 노래가 울려 퍼졌다.

청아함이 섞인 묵직한 목소리.

바로 불후의 명곡 이승환의 '천일동안'이란 노래였다.

잔잔한 감동의 물결.

강도영으로 인해 뒤집어졌던 방청석은 어느새 마징가제트가 퍼뜨리고 있는 '천일동안'의 마력으로 인해 정적 속으로 빠져들고 있었다.

가왕은 그냥 된 것이 아니라는 걸 그는 노래로 증명하며 관객들을 몰아붙였다.

특히 마지막 순간 '천일동안'을 외치는 그의 목소리는 관객들의 심장을 저격하며 끔찍한 감동을 선사했다.

"휴우……."

강도영은 그의 노래를 들으며 멈췄던 숨을 길게 내뱉었다. 정말 대단한 가창력과 엄청난 흡인력을 지닌 사람이었다.

처음부터 가왕이 될 생각으로 나온 자리가 아니었기에 욕심을 부린 적도 없지만 막상 마징가제트의 노래를 듣자 쓴웃음이 배어 나왔다.

아버지는 저 사람의 정체가 김주열이라고 했다.

김주열은 텔레비전 방송에 출연하지 않고 오직 콘서트에서

만 팬들을 만나는 것으로 유명한 가수였는데 워낙 가창력이 뛰어났기 때문에 어마어마한 광팬들을 보유하고 있었다.

상대가 김주열이라는 걸 알고 그의 노래를 직접 듣게 되자 당연히 질 거란 생각이 들었다.

가수는 오랜 경험으로 자신의 노래가 얼마나 사람들을 열광시켰는지 금방 알아챘지만 강도영은 그런 경험이 없었기에 자신이 어떤 짓을 했는지 정확히 모르고 있었다.

스태프의 지시에 따라 무대로 나가자 곧장 가왕 결정이 걸린 판정이 이어졌다.

판정은 오래 걸렸다.

사람들은 김성준이 독촉을 했어도 시간을 어기고 있었는데 결정하는 데 상당한 망설임을 보이는 것 같았다.

마징가제트가 부른 노래에 대한 감상평이 끝나자 김성준이 두 사람을 향해 질문을 던지기 시작했다.

"마징가제트 님, 오늘 도전자가 상당히 셉니다. 걱정되지 않으십니까?"

"걱정되는 게 아니라 도망가고 싶을 정돕니다. 백작 님이 노래를 부르는 동안 오금이 떨렸거든요. 이긴다는 생각 대신 최선을 다하자는 생각을 하게 만들 정도로 백작 님의 노래는 경이적이었습니다. 번개돌이 님의 심정이 이해가 갔습니다."

"너무 겸손하시군요. 가왕님답지 않으신데요?"

"저는 거짓말을 못합니다."

"좋습니다. 그럼 지금부터 결과를 확인해 보겠습니다. 과연 이번 가왕이 왕좌를 수성했을까요, 아니면 새로운 가왕이 탄생했을까요."

두두둥… 두두두두둥… 둥둥둥.

김성준이 멘트를 길게 늘어뜨리자 거대한 북소리가 긴장감을 고조시켰다.

초조함 기다림.

패널들은 물론이고 방청석에 있던 관객들이 마른침을 삼키며 김성준의 입이 열리기를 간절히 기다렸다.

마침내 김성준의 입에서 고함이 터져 나온 것은 북소리가 정점에 달했을 때였다.

『스크린의 별』 7권에 계속…

초대형 24시 만화방

신간 100%, 샤워실, 흡연실, 수면실(침대석), 커플석, 세탁기 완비

▪ 광명 광명사거리역점 ▪

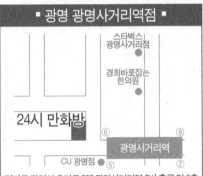

스타벅스 광명사거리점

경희바로잡는 한의원

24시 만화방

⑥ 광명사거리역 ⑨

CU 광명점 ⑤ ②

경기도 광명시 오리로 986 광명사거리역 6번 출구 앞 5층
02) 2625-9940 (솔목타워 5층)

▪ 강북 노원역점 ▪

운전면허 시험장

⑨ ⑩

4호선 노원역

②

롯데백화점 24시 만화방 순복음
교회

서울 노원구 상계동 340-6 노원역 1번 출구 앞 3층
02) 951-8324 (화용빌딩 3층)

▪ 일산 정발산역점 ▪

경찰서 정발산역

제2 공영주차장 롯데백화점

24시 만화방

E C A
라페스타
F D B

라페스타 E동 건너편 먹자골목 내 객잔건물 5층
031) 914-1957

▪ 일산 화정역점 ▪

덕양구청 ③ ④

화정역

② ①

세이브존

롯데마트 이마트

24시 만화방 화정중앙공원 화정동 성당

경기도 고양시 덕양구 화정동 984번지 서일빌딩 7층
031) 979-4874 (서일사우나 건물 7층)

▪ 부천 역곡역점 ▪

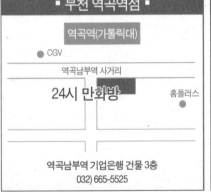

역곡역(가톨릭대)

CGV

역곡남부역 사거리

24시 만화방 홈플러스

역곡남부역 기업은행 건물 3층
032) 665-5525

▪ 부평역점 ▪

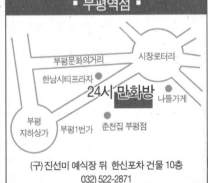

시장로터리

부평문화의거리

한남시티프라자 24시 만화방 나들가게

부평
지하상가 부평1번가 춘천집 부평점

(구) 진선미 예식장 뒤 한신포차 건물 10층
032) 522-2871

FUSION FANTASTIC STORY

설경구 장편소설

저니맨 김태식

한 팀에서 오래 머물지 못하고
이 팀, 저 팀을 옮겨 다니는
저니맨(Journey man)의 대명사, 김태식!
등 떠밀리듯 팀을 옮기기도 수차례.

"이게… 나라고?"

기적과 함께 그의 인생에 찾아온 두 번째 기회!

"이제부터 내가 뛸 팀은 내 의지로 선택한다!"

더 이상의 후회는 없다!
야구 역사를 바꿔놓을
그의 새로운 야구 인생이 펼쳐진다!

Book Publishing CHUNGEORAM

유행이 아닌 자유추구 -
WWW.chungeoram.com

FUSION FANTASTIC STORY 류승현 장편소설
리턴 마스터
2041년, 인류는 귀환자에 의해 멸망했다.
최후의 인류 저항군인 문주한.
그는 인류를 구하고 모든 것을 다시 되돌리기 위하여
회귀의 반지를 이용해 20년 전으로 돌아갔다. 하지만…….
"어째서 다른 인간의 몸으로 돌아온 거지?"
그가 회귀한 곳은 20년 전의 자신도, 지구도 아니었다!
다른 이의 몸으로 판타지 차원에
떨어져 버린 문주한.
그는 과연 인류를 구원할 수 있을 것인가!
Book Publishing CHUNGEORAM
WWW.chungeoram.com

아우스

마도 시대의 시작

FUSION FANTASTIC STORY

강준현 장편소설

여덟 번의 죽음을 겪었고, 아홉 번의 삶을 살았다.
그리고 열 번째,
난 노예 소년 아우스로 환생했다.

푸줏간집 아들, 고아, 불량배, 서커스단원, 남작의 시동 등…
아홉 번의 삶을 산 나는 참으로 운이 없었다.

나는 더 이상 과거의 내가 아니다!
내가 꿈꾸던 새로운 삶을 살 것이다!

Book Publishing CHUNGEORAM

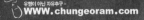

유행이 아닌 자유추구 -
WWW.chungeoram.com